Les coquelicots sont revenus

Michel Ragon

Les coquelicots sont revenus

FRANCE LOISIRS
123, boulevard de Grenelle, Paris

Toute ressemblance ou homonymie
avec des personnes existant ou ayant existé
serait fortuite et involontaire

Édition du Club France Loisirs, Paris,
réalisée avec l'autorisation des Éditions Albin Michel S.A.

ISBN 2-7441-0259-8

à Pascal Frileux

Etre paysan, ce n'est pas un métier, c'est un état, c'était un état : c'est-à-dire une chose qui dure, qui semble toujours avoir existé, une chose dont on ne peut pas sortir... car tu ne concevais pas que le soleil dût changer, ni qu'il eût jamais changé.

C.-F. Ramuz

1

LE lendemain de la Toussaint, dans une ferme isolée du bocage, où malgré deux étés trop secs et la chute des cours à l'étable, Louis et sa famille s'arrangeaient pour tenir le coup, une lettre de l'administration fit soudain basculer ce monde paisible et résigné. Car cette lettre, sous le prétexte d'un soi-disant indispensable remembrement, démembrait en réalité tout ce que le père de Louis, et son grand-père, et ses aïeux qu'il n'avait pas connus, avaient mis des siècles de patience à réaliser : une terre d'un seul tenant autour d'une maison, de son étable et de sa grange.

Louis crut que l'administration commettait une erreur. Aussi exceptionnel que ce soit, cela arrive. Il se rendit à la sous-préfecture. On le reçut mal. Il pleuvait beaucoup ce jour-là et ses bottes de caoutchouc salissaient le plancher. On lui sortit des schémas, des croquis de cadastre. Il comprit que ses chemins creux seraient comblés, que ses haies seraient arasées, ses chênes têtards tronçonnés, ses enclos ouverts. Revenu chez lui, il décrocha son fusil.

Sa femme eut beaucoup de mal à le dissuader d'aller canarder le maire du bourg voisin qu'il soupçonnait d'être dans ce mauvais coup. Il remit son fusil dans le râtelier, au-dessus de la cheminée, mais pendant deux mois rumina sa rancœur, échafaudant des plans utopiques pour garder sa terre. Les deux mois écoulés, une nouvelle lettre administrative arriva. Il ne s'agissait plus du remembrement, mais de l'expropriation de son potager et de son verger au profit de l'élargissement du chemin qui passait devant sa ferme.

Sa femme eut beaucoup plus de mal, cette fois-ci, à lui arracher le fusil des mains. Elle le supplia de penser à leur petit qui aurait le malheur, toute sa vie, d'être l'enfant d'un assassin. Il se rendit à ses raisons et, estimant qu'une veuve et un orphelin seraient somme toute plus convenables, se pendit dans la nuit à une poutre de sa grange.

Comme les paysans de la région aimaient bien le Louis et n'aimaient guère l'administration, ils manifestèrent une fois de plus leur désapprobation en allant déverser des tonnes de purin dans la cour de la sous-préfecture. C'était leur nouvelle manière de chouanner.

La vie est faite de telle manière que certains se découragent et sombrent. Alors que d'autres font face à toutes les épreuves et tiennent le coup. Ainsi le Vieux Paul, l'ancêtre de la ferme des Châgneau.

Le Vieux Paul, on l'aura deviné, n'avait pas été vieux toute sa vie, même si les gens de son entourage le connurent toujours vieux. Avec ses quatre-vingt-dix ans n'était-il pas l'aîné de tous les fermiers d'alentour et le doyen du bourg !

La longévité, lorsqu'elle n'est pas entachée de maladies trop visibles, ni d'infirmités trop choquantes, devient honorable et ceux qui en bénéficient peuvent la porter comme une décoration. Le Vieux Paul, qui se tenait bien droit, malgré sa haute taille, maigre et sec comme un sarment de sa vigne, les cheveux blancs mais abondants qu'il gardait longs comme les jeunes du bourg, faisait plaisir à voir. Une vieillesse aussi heureuse rassure.

Il y avait longtemps que le Vieux Paul était veuf. Des trois enfants que sa femme lui donna, un seul restait à la ferme, le plus jeune, Grégoire, le tardi, né juste un an avant le veuvage du père et qu'il éleva lui-même puisque sa fille aînée, qui eût pu jouer le rôle de mère, prit rapidement la fuite, et, disparue en ville, ne donna plus jamais de ses nouvelles.

Antoine, le cadet, déjà âgé de quinze ans lorsque naquit inopinément Grégoire, aida son père à élever le petit. On était encore au temps où, dans les fermes, travaillaient des valets et des servantes. Avec une main-d'œuvre aussi abondante les enfants ne représentaient pas une charge. Ils poussaient tout seuls, dans une grande communauté, trouvant toujours quelqu'un pour les divertir ou les consoler.

Lorsque Grégoire vint au monde, une extraordinaire prospérité transformait les campagnes. Jamais l'agriculture n'avait connu pareil bouleversement, ni les paysans une telle aisance. Bien que l'aisance datait d'un peu plus loin, des années noires de la misère et de la famine citadine, pendant l'occupation allemande. Pour la première fois sans doute dans l'histoire de l'humanité, l'homme de la campagne s'alimenta mieux et plus que l'homme de la ville, remplit son bas de laine de billets neufs, devint le privilégié et le modèle exemplaire de l'Etat. Culs-terreux avant-guerre, péquenots et bécassines pour lesquels les citadins rêvaient d'inventer des machines à refouler ces bouseux, ces rustres, ces croquants, ces pedzouilles, ces cambrousards, les paysans connurent, de 1940 à 1945 une revanche ambiguë et éphémère. Ils remirent en état leurs fours et boulangèrent du pain blanc, prirent l'habitude de manger de la viande tous les jours, se gavèrent de charcuterie, nourrirent leurs chiens de tartines de beurre, burent généreusement le vin de leurs vignes et, en même temps, furent canonisés par l'Etat, l'Eglise, la magistrature debout et assise, toutes les Institutions pour lesquelles, considérés hier comme de simples d'esprit, ils se parèrent soudain de toutes les vertus, devinrent les garants de l'ordre moral, le fer de lance de l'avenir, etc.

En réalité, ces années de soi-disant prospérité paysanne pendant l'occupation allemande furent des années fausses, des années stagnantes, des années creuses. L'autoconsommation faisait illusion. En réalité il ne se passait rien à la campagne qui mangeait son blé en herbe. Les années d'occupation donnèrent un répit à la vie paysanne qui s'endormit dans son inhabituel confort. Heureux temps du sommeil. Le réveil allait être rude.

Lorsque le Vieux Paul songeait à ces temps-là et à ce qu'il avait vécu depuis, il lui semblait être plus vieux que le monde. Il faut bien dire qu'il avait vécu près d'un siècle et que, dans sa propre vie, s'était déroulée toute la révolution paysanne.

Valet de ferme dans sa jeunesse, puis métayer dans les premiers temps de son mariage, le Paul (comme l'appelaient ceux qui le dispensaient du « vieux ») obtint du comte de X., propriétaire de la plupart des terres du canton, de changer son statut contre celui de fermier. Et lorsque tout se mit à bouger, lorsque tout changea dans les années cinquante, et que la mécanisation apporta une production plus facile et plus abondante, le Paul eut la surprise de voir ses voisins abandonner la partie, fuir vers la ville, comme sa fille avait fui. Il obtint du comte de louer les terres de ces fermes inhabitées et se trouva maître de plus de cinquante hectares.

Le Paul fut alors le plus heureux des hommes. Bien qu'il eût trouvé, sur les terres du comte, autant d'hectares d'épines que d'hectares de blé. Car les métayers qui avaient déserté et qui devaient donner au propriétaire la moitié de leur récolte, tout en payant de leurs deniers les engrais, la réparation du matériel, les battages, ne se sentaient pas très encouragés à défricher les ronciers. N'étaient-ils pas, de plus, redevables au comte de journées gratuites, ces corvées immémoriales ? Ne pouvaient-ils pas être chassés à tout moment ? Lassés d'attendre si longtemps cette espérance : posséder la terre, ils laissèrent les prairies péricliter, les buissons s'agrandir, les genêts envahir les guérets. Et le chiendent finit par leur empoisonner l'esprit et le corps.

Le Paul, l'Antoine, les valets défrichèrent les ronces, éliminèrent les genêts et le chiendent. Les prairies offrirent aux vaches une belle herbe tendre. Le blé, l'orge, le maïs, le colza recouvrirent toutes les surfaces labourées. La ferme du Paul fit des envieux.

Comme Grégoire montrait des dispositions pour les études, on l'envoya au lycée. Il y obtint facilement son bac puis, à la grande surprise de son père qui le voyait devenir professeur ou, à tout le moins, instituteur, le tardi s'orienta vers une école d'agriculture et, son diplôme obtenu, revint à la ferme familiale.

La mécanisation de l'agriculture transformait déjà considérablement les manières de vivre. Valets et servantes disparaissaient. Si bien que, privée de l'animation perpétuelle qu'ils dispensaient dans les étables, les écuries, les granges, la cour, la cuisine et tous les lieux de la collectivité, la ferme semblait maintenant dépeuplée, vide, et un peu triste. Le Paul conserva néanmoins un vieux valet, moins vieux que lui, bien sûr, mais plus usé, qu'il n'osa renvoyer et, puisqu'il fallait quand même une femme à la ferme, recueillit la veuve de Louis le Suicidé et son fils Jean-François, de cinq ans plus jeune que Grégoire.

Grégoire ramenait de son école d'agriculture des idées qu'Antoine, son frère, formé sur le tas, ne pouvait admettre. Cette extension perpétuelle des terres en louage, ces machines de plus en plus énormes, et de plus en plus coûteuses, ce recours perpétuel à la chimie des engrais et des pesticides, tout cela le rebutait et l'effrayait. N'aimant que les bêtes et la solitude des prairies, il se souvenait avec nostalgie du temps où il allait conduire aux champs le troupeau de vaches, à l'ombre des chemins creux ; des bœufs attelés traînant lentement la charrue et des chansons qu'il briolait en aiguillonnant doucement les bêtes. Maintenant il n'y avait plus de bœufs. Un homme de la ville était venu voilà déjà longtemps proposer au père d'échanger sa plus belle couple de bœufs contre un tracteur de vingt-cinq chevaux. Vingt-cinq chevaux ! Cela faisait rêver ! Il n'y avait jamais eu plus d'un cheval à la ferme. Mais quel cheval ! Grand, gros, fort, avec une longue tête et de bons yeux, avec une odeur de sueur ; un être vivant, à qui on pouvait parler. Plus de cheval, plus de bœufs. Seulement des machines, inertes, bruyantes et polluantes. Antoine les prit en exécration. Et rien ne l'agaçait plus que de voir Jean-François, le fils de Louis le Suicidé, mener les vaches aux champs grimpé sur la motocyclette héritée de son père, comme s'il se hâtait de se débarrasser de cette corvée.

Tout en regrettant la modernisation que le Paul imposait à sa ferme, Antoine ne la désapprouvait pas ouvertement. Son tempérament rêveur le poussait à l'acceptation. Grandi avec cette ferme que son père faisait grandir, la modernisation ne s'y était produite que progressivement, un peu sans que l'on s'en rende compte. Les bœufs partaient. On devait s'habituer au tracteur. Au début, cette machine séduisait comme un jouet. Les collègues qui n'en possédaient pas encore l'enviaient et l'admiraient. Le regret des bœufs disparus ne vint que plus tard, quand l'irrémédiable fut accompli.

Dès que Grégoire s'installa à la ferme il voulut commander même son père qui, héberlué, laissa faire, Antoine se rebella. Les heurts entre les deux frères se multiplièrent. L'incompréhension grandit.

— Notre aïeul, disait Antoine, ne disposait que de cinq hectares de terre et d'une paire de bœufs. Il se suffisait à lui-même, évitait les dettes, élevait ses enfants, mangeait à sa faim. Aujourd'hui, avec vingt hectares on n'amortit pas un tracteur...

— Parles-en du grand-père que tu n'as pas plus connu que moi ! Beau résultat de sa suffisance quand on pense que notre père a été gagé dès ses douze ans, qu'il a été ouvrier agricole avant de devenir métayer et que notre mère est morte de tuberculose, tuée au travail, oui, tuée au travail... Tu oublies tout ça. Allons, avoue-le, le travail est moins dur avec les machines. Si nous gardons encore notre père avec nous, c'est parce qu'il a eu la chance de ne pas être usé avant l'arrivée des tracteurs.

— L'école t'a faussé l'esprit.

— Tu ne veux pas admettre que le monde a changé. Si tu refuses de comprendre ce nouveau monde, c'est la ruine. Ou bien on lutte avec lui, ou bien on disparaît, on est éliminé. Si j'ai poursuivi des études, c'est pour comprendre l'agriculture moderne, pour sauver la ferme du père.

Antoine maugréait, se butait, boudait. Quand il

vit que son frère retournait au bulldozer les vieilles prairies après drainage, quand il s'aperçut qu'il analysait les sols pour connaître leurs besoins en engrais, et qu'il arrachait peu à peu tous les arbres qui l'empêchaient de tracer des sillons rectilignes, il sut que sa place n'était plus à la ferme.

Quitter le père le chagrinait. Mais celui-ci laissait faire son plus jeune fils, lui passait tous ses caprices. Et cette préférence peinait d'autant plus Antoine qu'il avait l'impression de s'être sacrifié pour aider son père à sauver la ferme. Puisqu'il aimait les animaux, qu'il se plaisait en leur compagnie, qu'il se souvenait avec nostalgie du temps où il allait les conduire à la pâture, il décida de devenir berger.

Il eût pu exiger sa part d'héritage. Le Paul n'était propriétaire ni de la ferme, ni des terres, mais les machines, les vaches, toutes les installations techniques, représentaient un beau capital. En exiger son lot décapiterait l'exploitation. Après tout, la sœur aînée, disparue depuis si longtemps, n'avait rien demandé. Il n'empêche que la prospérité du domaine résultait à la fois du travail du Vieux Paul et de celui d'Antoine. Le partage égalitaire, en cas du décès d'un père de famille, demeurait un casse-tête dans les campagnes. Celui qui restait à la ferme, qui la faisait fructifier, se trouvait toujours désavantagé par rapport à ceux qui, partis, recevaient la même part. Aussi injuste qu'était le droit d'aînesse, il évitait la dispersion des biens et récompensait celui qui secondait le père.

Les bâtiments abandonnés ne manquaient pas. Seules les terres, récupérées dès qu'un cultivateur quittait sa ferme, devenaient rares. Antoine choisit d'être berger parce qu'il pourrait promener ses moutons sur les champs au repos, juste après les récoltes. C'était une vieille tradition que de laisser aux bergers le droit de pâture en échange de la fumure des champs par les crottes des moutons.

Antoine ne quitta pas la maison paternelle les mains vides. Le Paul lui acheta un beau troupeau et Grégoire vint l'aider à mettre en état les bâtiments de la bergerie. Peu après il se maria et on ne le revit plus à la ferme familiale.

Pendant longtemps, le gratte-papier fut la risée de l'homme productif. Son inutilité, sa fainéantise, son idiotie faisaient le bonheur des chansonniers et les ronds-de-cuir les beaux jours du théâtre de boulevard. On se gaussait de ses manchettes, de son binocle, de sa plume Sergent-Major, de son fond de culotte râpé, de la calotte qui cachait sa calvitie. Le bureaucrate, et plus particulièrement le bureaucrate fonctionnaire, apparaissait comme le ravi de la crèche, l'inoffensif parasite.

En réalité, il s'agissait d'un monstre qui, insidieusement, sans bruit, rongeait tout le corps social, le pénétrait, le dépeçait, se multipliant comme sait se perpétuer la vermine, prenant d'assaut les commerces, les banques, les bureaux d'usines, multipliant ses formulaires, ses registres, ses questionnaires, ses arrêtés, ses commandements, ses notifications ; les envoyant tous azimuts, submergeant les citoyens de ses circulaires, de ses photocopies, de ses pièces à remplir (de toute urgence, sous mesure comminatoire). Le bureaucrate, se vengeant de son inutilité, se rendit indispensable. Il colonisa entièrement la société, qu'il plaça à sa merci. Pour qu'on ne l'oublie pas, il nous harcela, il nous questionna sans répit, nous inonda de papiers inquisiteurs. Puisque vous vous moquiez de lui, il se moqua de vous, qu'il transforma à son image. Vous êtes, nous sommes bureaucrates nous-mêmes, à notre insu, à nos dépens. Nous ne pouvons plus nous passer de ce tyran qui nous opprime, surveille nos faits et gestes, ouvre notre porte-monnaie, compte nos sous, prélève son impôt, met en doute nos déclarations, les épluche, les conteste.

Grégoire prit conscience qu'il devrait lutter contre cette pieuvre s'il voulait sauver sa ferme, que cette pieuvre était l'ennemie jurée de l'homme de la terre, comme de l'homme du fer, comme de l'homme de l'esprit ; l'ennemie du producteur, du créateur, de l'entrepreneur. Pour lutter contre l'homme de papier, il lui fallait se mesurer avec lui, déjouer ses manœuvres, apprendre ses ruses. L'école d'agriculture l'initia à la gestion de la ferme. Mais c'était insuffisant. Quelqu'un devrait dialoguer sans cesse avec le monstre invisible, caché derrière ses rames de papier. Peu après le départ d'Antoine, Grégoire épousa Nathalie, l'institutrice du bourg. Celle-ci vint habiter à la ferme, mais ne participa à aucun des travaux agricoles, consacrant son temps libre à la tenue des comptes. Grégoire savait que son épouse, chargée de cette tâche redoutable, lui serait plus utile derrière un bureau qu'à donner du grain aux poules.

D'ailleurs, l'une de ses premières décisions fut de supprimer le poulailler, de combler la mare aux canards et d'envoyer la veuve de Louis le Suicidé vendre toutes les oies au marché du bourg. Effaré, le père Paul réussit à sauver quelques poules et le plus beau des coqs.

— Que veux-tu en faire ? lui dit Grégoire. Elles nous coûteront plus cher en grains et en main-d'œuvre que si nous achetons nos œufs et nos volailles au supermarché.

De tels raisonnements décontenançaient le vieil homme. Il comprenait que les calculs de son fils étaient justes, mais qu'il manquait quelque chose dans cette logique. Un coq ne s'évalue pas seulement au poids du grain becqueté, se disait-il, mais aussi à la rougeur de sa crête, à la couleur de ses plumes et à la manière dont il vous réveille à l'aube par son cri. Ne plus entendre chanter le coq le matin lui paraissait inimaginable. Une ferme sans coq, sans poule, n'était plus une ferme, il n'en démordait pas.

Heureusement, Grégoire aimait le bétail. Pas tout à fait le même bétail que son père ni de la même manière, mais enfin on ne peut pas demander aux enfants d'être une réplique exacte de leurs parents. Que les temps changent, le Vieux Paul l'admettait bien. Toutefois, était-ce une raison pour liquider à bas prix les belles parthenaises au poil roux et aux longues cornes, contre des pie-noires frisonnes fort onéreuses ? Grégoire s'était terriblement endetté auprès du Crédit agricole, non seulement pour changer de vaches laitières, mais aussi pour louer des champs nécessaires à la nourriture du troupeau considérablement augmenté.

Grégoire voulait vouer sa ferme uniquement à la production du lait et des veaux. Et il assurait que les frisonnes ou les holsteins donnaient beaucoup plus de lait que les vaches du pays. Le Vieux Paul n'en croyait rien. Tout comme pour le coq, il s'offrit le caprice d'exiger le maintien dans l'étable de deux parthenaises qui dominaient de leurs échines osseuses les petites frisonnes. Le Vieux Paul souriait en les regardant, souriait de fierté devant leur pelage doré, leur belle allure de géantes et n'avait que commisération pour les étrangères que son fils avait acquises en se faisant estamper.

Avant le mariage de Grégoire, tout le monde mangeait évidemment à la même table et passait la soirée dans la grande pièce, dite la salle. Puis chacun montait à l'étage rejoindre sa chambre. Le vieux valet, la veuve de Louis le Suicidé et Jean-François couchaient dans le même local sans que nul n'y trouve à redire. Avec la venue de Nathalie les bouleversements qui s'étaient produits dans la basse-cour et à l'étable atteignirent la maison.

Plus question de trimbaler l'eau du puits dans des seaux de fer. Plus question de faire ses besoins dans une cabane en planches, près du fumier. Des canalisations amenèrent l'eau du bourg jusque sur l'évier. On aménagea une salle de douches et des WC comme en ville. Le Vieux Paul laissait aller. L'inquiétait seulement que tout cela marchait tout seul, que l'on n'avait plus besoin de personne pour tirer l'eau du puits, ni pour vidanger les cabinets, ni pour nettoyer un poulailler qui n'existait plus, ni donc pour jeter le grain aux poules, ni pour garder les oies.

Puisque l'école du bourg accaparait Nathalie, on aurait toujours besoin de la veuve pour le ménage, la couture, la cuisine. Mais son fils, Jean-François, et le vieux valet, qu'en faire, que leur donner à faire ? Ils passaient leur temps à nettoyer les fossés, à tailler les haies, à lier des fagots. Le Paul voyait bien que Grégoire s'agaçait de les trouver toujours dans ses jambes, en train de lui demander des ordres. Alors que lui, débordé, se levait à cinq heures et demie du matin pour la première traite. Le vieux valet se pointait là, prêt à l'aider. La traite mécanique rendait sa présence inutile. Il importunait plutôt Grégoire avec ses gestes trop empressés et malhabiles.

Lors des repas, à cette longue table autour de laquelle chacun s'asseyait sur les bancs, dans l'ordre traditionnel : le Paul tout au fond, puis Grégoire, puis le vieux valet, puis Jean-François, puis les deux femmes, la gêne s'installait. On parlait peu, mais on n'avait jamais beaucoup parlé en mangeant. On parla de moins en moins. On ne parla plus du tout.

Un soir, avant de monter dans les chambres, Grégoire prit son père à part :

— Je sais bien que ça s'est toujours disposé comme ça : les hommes d'un côté, les femmes près de la cuisine. Mais ça ne se voit plus. Nulle part. Il n'y a que chez nous. Tant que je n'étais pas marié, ça n'avait pas d'importance. Mais maintenant que Nathalie est là, nous n'avons pas d'intimité. Ailleurs, ceux qui emploient encore du personnel, le font manger à part. On se retrouve à table entre soi. On peut discuter de ce qui nous intéresse.

Le Vieux Paul se redressa, encore plus droit, encore plus raide :

— Non, on restera comme ça. Tant que je serai là.

— Tu me comprends mal. Je ne demande pas

que le vieux valet mange à l'écart. Ce qui me contrarie, au fond, c'est que nous ayons encore des domestiques. Ils sont toujours sur notre dos. Et Jean-François, que veux-tu que j'en fasse ? Ce n'est pas sain pour lui non plus. Il est en âge de s'établir.

— S'établir où ? Il n'a pas d'argent, pas de terre.

— Laisse-moi opérer. Je lui en trouverai.

Rien n'exaspérait plus les jeunes agriculteurs que les terres laissées en friche par des propriétaires indifférents. Grégoire connaissait justement une petite ferme abandonnée, dont il avait sollicité plusieurs fois la location des champs pour ses pâturages. Le notaire, qui tenta la transaction, lui avait répondu que le citadin héritier de cette ferme jugeait le rapport de sa location trop dérisoire pour perdre son temps à s'en préoccuper.

Grégoire s'entremit auprès d'autres jeunes paysans et, un dimanche matin, de chaque ferme partit un tracteur qui convergea vers le domaine déserté. Ils étaient une dizaine qui emportaient, dans des bennes, des rouleaux de fil de fer barbelé, des pioches, quelques vieux meubles. Grégoire, accompagné de Jean-François, tractait une herse.

Lorsqu'ils se retrouvèrent dans les hautes herbes de la ferme délaissée, ce fut la fête. Ils avaient tous à peu près le même âge, autour de la trentaine, avaient tous suivi la filière des écoles professionnelles agricoles, se sentaient tous agriculteurs modernes et fiers de l'être, tous combatifs, optimistes, chaleureux, blagueurs.

Les tracteurs, poussés à pleins gaz, firent un rodéo dans les ronces, les fougères et les orties. Il n'y eut pas à fracturer les portes, elles n'étaient pas fermées. On nettoya l'intérieur de la maison, installa les quelques meubles. On désherba la cour. On remit en place les tuiles qui glissaient du toit. On posa des serrures aux portes. A midi, on déballa le casse-croûte et les bouteilles de vin. Chacun félicitait Jean-François pour son « acquisition ». Mais lui n'en menait pas large. L'idée de rester tout seul la nuit dans cette ferme qui ne lui appartenait pas ne l'enthousiasmait guère. Les copains avaient beau lui répéter : « Tu es chez toi, mon vieux. Dis-toi bien que tu es chez toi ! », il se disait au contraire qu'il nichait chez un autre.

— Les gendarmes rappliqueront, c'est sûr, lui expliqua Grégoire. Mais avant qu'ils soient prévenus il se passera des semaines. Moi je reviendrai pour labourer un champ, semer quelques grains, ça fera plus habité. Et j'enverrai le vieux valet avec quelques vaches qu'il restera à garder dans *tes* champs. Et puis, occupe-toi. Débroussaille. Plante. Quand les gendarmes se décideront à venir, on ira plus vite qu'eux et on les attendra ici, tous ensemble.

Afin que Jean-François ne se fasse pas trop de

mouron, on lui amena sa mère. Les gendarmes avaient déjà eu maille à partir avec les fermiers du coin lorsqu'ils durent expulser la veuve de Louis le Suicidé. Son bail résilié pour défaut d'exploitation, elle avait eu beau supplier qu'on lui accorde un peu de temps, prétextant que si son fils était encore trop jeune pour lui fournir une aide, elle emploierait un ouvrier agricole. Mais puisqu'elle ne disposait pas immédiatement de la main-d'œuvre nécessaire aux besoins de l'exploitation, on lui enleva la ferme de son mari, bien qu'elle payât régulièrement son terme. Il faut dire que l'éviction de ce petit fermier arrangeait bien à la fois le remembrement et le tracé du chemin vicinal.

C'est justement cette résiliation de bail pour défaut d'exploitation qui poussa Grégoire à investir la métairie abandonnée. Si l'on peut expulser un fermier qui n'exploite pas ses terres, pourquoi ne pourrait-on pas exproprier un citadin qui laisse les siennes à l'abandon ? Le notaire lui rétorqua que son raisonnement ne convaincrait pas les magistrats. Grégoire, persuadé que l'on perdait son temps à vouloir convaincre, pensait qu'il valait mieux tout simplement vaincre. Il ne cherchait pas à convaincre son père que ses méthodes étaient meilleures que les siennes, certain qu'il sortirait vainqueur de la comparaison. Pareil pour l'occupation sauvage de la ferme. Elle démontrerait l'injustice des lois.

Au bout d'une vingtaine de jours, Jean-François vit apparaître la fourgonnette bleue des gendarmes. Bizarrement, celle-ci ne pénétra pas dans la cour. Elle s'égara dans les chemins défoncés, tourna, traversa un champ, disparut, revint. Ils hélèrent Jean-François, lui demandant où se trouvait la ferme abandonnée.

Rien ne ressemblait moins, en effet, à une ferme abandonnée que la borderie occupée par le fils de Louis le Suicidé. La cour était bien ratissée. Il y avait même des fleurs dans des pots. Tout à côté, dans un pâtis, deux vaches s'approchaient pour regarder les visiteurs. Un champ, attenant, montrait son frais labourage. Jean-François fit l'innocent, comme Grégoire le lui avait conseillé :

— Quelle ferme abandonnée ?

— Il devrait y avoir une ancienne métairie dans ses friches, par ici ?

— Vois pas de quoi vous parlez.

Ils repartirent. Jean-François courut demander au vieux valet de prévenir Grégoire. Le soir même, une armada de tracteurs envahit la cour. Certains se placèrent en travers du chemin. D'autres encerclèrent les bâtiments. La manifestation, empirique la première fois, prenait une ampleur inespérée. Aux jeunes agriculteurs de la première virée, se joignaient des aînés, des paysans de tout âge, de toutes conditions, prêts à en découdre. Les bennes, accrochées aux tracteurs, contenaient des fourches, des râteaux. Ils attachèrent, entre deux arbres, un long calicot sur lequel on pouvait lire : « La Terre aux Paysans ». Etait-ce en raison du mélange des générations, et de la présence de cultivateurs qui se savaient acculés à la faillite ou à la retraite anticipée, mais le rassemblement n'avait pas l'air bon enfant, l'air enjoué, de la première fois. On se préparait à soutenir un siège. En le préparant, chacun semblait travailler pour soi, manifester pour son propre droit à demeurer maître chez soi, à refuser cette élimination des petits fermiers que tous les puissants de la terre s'employaient à appliquer avec cette froide indifférence des stratèges militaires qui sacrifient des millions de soldats à la réussite de leurs plans.

Le lendemain matin, la fourgonnette bleue réapparut. Elle s'arrêta au premier barrage de tracteurs. Deux brigadiers descendirent, comme s'ils voulaient établir un constat.

L'un d'eux dit, conciliant :

— Faites pas les cons, les gars. Si ça vous amuse de jouer aux gendarmes et aux voleurs, nous on n'en a rien à foutre.

Du haut d'un tracteur, un paysan aux cheveux gris lança, rageur :

— On le sait bien que t'en as rien à foutre, fainéant. Et c'est nous, les travailleurs, qu'on emmerde !

— Des injures, ça peut vous coûter cher !

— Tout nous coûte cher. Toi aussi, avec ton uniforme tout neuf, tu nous coûtes cher. Et ta bagnole. Et tes flingues. Et ton képi. Ecrase-toi, sinon c'est mon tracteur qui t'écrase.

Les gendarmes remontèrent précipitamment dans la voiture et disparurent.

Maintenant, il s'agissait de soutenir le siège. Les visites administratives n'en resteraient pas là. On décida d'occuper la ferme par roulement, aussi longtemps que nécessaire. Quand même, ils n'enverraient pas la troupe !

Le ridicule et l'odieux n'ayant jamais fait reculer ceux qui tiennent le couteau par le manche, eh bien si : ils envoyèrent la troupe.

Arriva d'abord le sous-préfet, dans une voiture escortée par deux escadrons de CRS et de gendarmes mobiles, armés de mousquetons et de lance-grenades. Le sous-préfet parlementa par haut-parleur, prudemment, de son auto, et comme les manifestants, éberlués par un tel déploiement de force, si insolite dans ce calme champêtre, ne bougeaient pas de leurs barricades de tracteurs, de bennes et d'ustensiles agricoles, deux autos-mitrailleuses apparurent et foncèrent dans le tas. En même temps, un hélicoptère tourna au-dessus de la borderie, à très faible hauteur, dans un tel vacarme et un tel acharnement que les assiégés, abasourdis, lâchèrent le terrain, s'enfuyant à travers champs, poursuivis par les matraques des CRS. Ne restèrent que Jean-François et sa mère, vite embarqués et emmenés avec leurs pauvres nippes, leurs meubles déglingués, leurs outils empruntés et même les deux vaches de Grégoire qui ruminaient en toute illégalité.

Après leur débandade, Grégoire et ses amis, un peu honteux d'avoir cédé si vite aux gardiens de l'ordre, se mirent en quête de récupérer Jean-François, sa mère, les deux vaches et le reste. Ils crurent astucieux de leur faire occuper l'église du bourg, mais le maire en ferma les portes et Jean-François, sa mère, les deux vaches, les meubles déglingués, les pauvres nippes, les outils empruntés se tassèrent comme ils purent devant le porche, sous l'auvent du parvis.

Grégoire avait contacté les correspondants des journaux locaux. Ils rappliquèrent avec des photographes. La presse régionale fit ses choux gras de l'événement. Le calicot : « La Terre aux Paysans » déployé devant l'église, le spectacle pitoyable de cette vieille fermière et de son fils, les deux vaches meuglantes, la pauvreté des biens expulsés, les visages mal rasés (donc patibulaires) des paysans de garde, tout cela surprit, devint vite sensationnel.

Le propriétaire de la fermette comprenant qu'il s'agissait, en ce qui le concernait, de beaucoup de bruit pour pas grand-chose, accepta finalement son locataire.

Du jour au lendemain, Jean-François et sa mère

se retrouvèrent seuls, héros d'un moment, vite oubliés, face à leurs obligations, à leur difficile installation, à leur dénuement.

Impossible d'obtenir un prêt du Crédit agricole, ni une aide de l'Etat puisque la ferme totalisait moins de vingt-cinq hectares et qu'au-dessous de ce seuil, toute exploitation était condamnée à disparaître. L'Etat, la banque vouée à la paysannerie, non seulement soutenaient l'expansion des gros, mais les aidaient à achever les petits.

Grégoire apporta des semences, une poule et proposa à Jean-François de lui sous-louer ses champs.

— Tu ne t'en tireras qu'en faisant ce que nous ne faisons plus : de la volaille, des lapins, des légumes, des fruits. Tu as un beau verger à remettre en état. Ta mère ira vendre ta production au marché, comme autrefois. Vous ne gagnerez pas lourd, mais vous devriez vous en sortir. Vous n'avez pas de frais. Le tort des petits, vois-tu, c'est qu'ils veulent imiter les gros : produire du blé, du lait, de la viande. Ils vont tout droit au casse-pipe. La seule solution, pour vous, c'est de produire peu, mais de bonne qualité. Quand tu auras de l'argent, n'achète pas des vaches, mais des chèvres. Fais du fromage, des haricots verts, de bonnes tomates, des primeurs. Ce sera dur, mais tu seras mieux à la terre qu'à l'usine. D'ailleurs, il n'y a plus de travail à l'usine. Je t'ai promis de t'aider. Je t'aiderai.

Dans la manifestation, Grégoire retrouva un copain de son âge, un céréalier établi à proximité du bourg. Un enthousiaste comme lui, sorti également diplômé d'une école d'agriculture. Patrick exploitait une centaine d'hectares : du blé dans la plaine et du maïs dans le marais, avec des assolements de tournesol et de colza. Lui aussi avait éliminé de son entreprise non seulement les volailles, mais tout le bétail. Il n'y avait plus aucun animal dans cette ferme très propre, à l'exception d'un chat, toujours paresseusement allongé entre les pots de géraniums.

Marié à Isabelle, une infirmière qui travaillait à l'hôpital de la sous-préfecture, père de deux petites filles que leur mère emmenait avec elle le matin et ramenait le soir, Patrick restait seul à la ferme, s'occupant à la fois des travaux des champs et des comptes.

Grégoire et Patrick s'entendirent d'abord dans une même conception moderne de l'agriculture. Tous deux optaient pour une agriculture de pointe, spécialisée à l'extrême. Mais les conceptions de travail des deux amis ne se ressemblaient guère. Alors que la production des céréales permettait un plan rationnel, où s'échelonnaient à dates fixes les semailles et les récoltes, avec des temps morts permettant repos et détente, l'élevage du bétail demeurait tyrannique. Les distributeurs mécaniques de nourriture, la traite électrique ne dispensaient pas du pansage, de la perpétuelle manutention des fourrages, de l'angoisse des vêlages, des nuits blanches passées au cul des vaches en attendant leur délivrance.

Patrick, dans sa ferme impeccable qui ressemblait à une manufacture, paraissait plus progressiste que Grégoire avec son troupeau bouseux. Et pourtant l'avenir, tel que l'imaginaient les eurocrates de Bruxelles et les multinationales de Washington, souriait plus à Grégoire qu'à Patrick, qui ne savaient pas encore les manigances dont ils feraient les frais. Les Tout-Puissants avaient décidé de la division internationale du travail agricole : aux Etats-Unis la production des céréales, à l'Europe l'élevage intensif.

Pour l'instant, ces alliances, ces pactes, ces partages, toutes ces divisions du monde auxquelles se livraient en secret les hommes de l'ombre, les nouveaux généraux en chef de la Troisième Guerre mondiale, anonymes, invisibles, dans leurs gratte-ciel de verre fumé, ces généraux, ces maréchaux en costumes gris et chemises blanches, d'apparence anodine, quelconques, d'une banalité de croque-morts, hommes des chiffres et des ordinateurs, des téléscripteurs et des vidéos, tous leurs calculs, leurs prévisions, leurs manipulations demeuraient ignorés du commun des mortels. Patrick se croyait un homme de l'avenir parce que avec dix tonnes de céréales il pouvait acquérir une moissonneuse-batteuse qui lui permettrait une récolte plus rapide, après avoir ensemencé plus de champs, fait épanouir plus d'épis. Avec une motorisation intensive, les céréaliers du Bassin parisien n'avaient-ils pas augmenté leur revenu de cinquante pour cent ? Patrick croyait que l'avenir lui souriait alors que, dès qu'il avait le dos tourné, l'avenir se mettait à ricaner.

Lorsque naquit Damien, premier enfant de Grégoire et de Nathalie, le vieux valet, qui ne se décidait pas à mourir, devint pour le couple une présence insupportable. Le retrouver à leur table à tous les repas, qui ne disait rien et ne comprenait pas grand-chose, puisqu'il était sourd, les rendait muets eux aussi. Ils le regardaient laper sa soupe avec des haut-le-cœur. Comment apprendre à l'enfant une tenue correcte, avec un tel exemple ? Et cette soupe qu'il fallait préparer pour les trois repas ! Il est vrai que le père Paul n'imaginait pas non plus la suppression de cette traditionnelle soupe. Les deux vieux montraient de temps en temps une complicité choquante. Ils se parlaient peu, mais on les voyait échanger des sourires lourds de sens, dans lesquels Grégoire et Nathalie devinaient des réprobations ou des reproches.

Grégoire et Nathalie formaient un ménage si harmonieux que l'on imaginait mal qu'il se soit écoulé un temps où ils ne vivaient pas ensemble. A la placidité de Grégoire répondait la joie de vivre, la sensualité rayonnante de Nathalie. Cette fille de paysans, qui avait autrefois aidé aux travaux de la ferme familiale, en conservait une allure costaude, de gros bras, une charpente solide et une chair généreuse. Toujours vêtue simplement et ne se parant d'autres bijoux que son alliance et une chaînette en or autour du cou, son éclatante santé contrastait avec la vieillerie du Paul et du valet. Nathalie, qui ne pouvait réprimer son agacement, s'enfermait dans la chambre à coucher où elle empilait les devoirs de ses élèves à corriger, et les bordereaux des comptes de la ferme qu'elle tenait scrupuleusement à jour. Dans son berceau, Damien regardait sa mère, intrigué par tous ces papiers feuilletés, annotés, classés dans des dossiers aux couleurs vives. Le jeu lui plaisait. Il l'approuvait de temps en temps par un petit cri.

Souvent le Paul descendait seul, à pied bien sûr, vers le bourg. A mi-chemin s'élevait une grande ferme que tenait jadis l'un de ses frères, mort depuis longtemps. La ferme était passée entre différentes mains. Aucun cultivateur ne réussit à la faire prospérer. Depuis quelques années, abandonnée, elle allait à la ruine.

Le Paul aimait se promener dans la cour déserte. Il ouvrait la barrière de bois, seulement bloquée par une boucle de corde, la refermait consciencieusement derrière lui et pénétrait dans les bâtiments vides. Rien de plus étrange que ces fermes dépeuplées, lourdes d'un silence insolite, que ces écuries où l'odeur des chevaux est restée, où des harnais de cuir sont encore suspendus ; que ces étables aux mangeoires encore garnies de foin ; que ces granges inoccupées, vastes comme des nefs d'église. Là, le Paul voyageait dans son passé. Tous ses contemporains étaient morts. Dans cette ferme oubliée, il les retrouvait un peu. Leurs ombres l'accompagnaient. Chez son fils (oui, chez son fils, pas chez lui, chez son fils) les méthodes de travail étaient trop différentes des siennes pour qu'il puisse s'y retrouver. Grégoire et Nathalie faisaient prospérer la ferme, certes, mais à quel prix !

Le Paul se sentait si délaissé qu'il voyait bien que seule la mort pourrait le tirer d'affaire. Irait-il rejoindre sa famille, ses amis, dans l'au delà ? Il ne croyait guère à cette fable. Mais il lui semblait néanmoins que tous ces disparus l'attendaient quelque part. Ne recherchait-il pas leurs traces dans l'ancienne ferme de son frère, n'essayait-il pas inconsciemment de communiquer avec eux ? Oui, les rejoindre quelque part, même si ce quelque part est le néant.

Le Paul se savait très vieux. De plus en plus fatigué, il ne s'intéressait qu'à peu de choses et répétait souvent :

— Faudra tout de même bien que je meure un jour. Seulement voilà, comment je ferai puisque je ne suis jamais malade ?

Il avait misé sur Grégoire, choisi Grégoire pour lui succéder et maintenant Antoine lui manquait. Il se rappelait toutes ces années où ils avaient vécu ensemble et le grand accord qui était le leur pour ce qui touchait au travail de la terre. Antoine était loin, marchant derrière ses brebis qu'il devait pousser sans cesse vers d'hypothétiques parcelles incultes.

Le Paul ne restait certes pas insensible à la beauté des champs de blé débarrassés de la nielle, des coquelicots, des bleuets, de ces nombreuses mauvaises herbes qui nuisaient à la grosseur du grain. Ces immenses surfaces blondes, ces épis serrés qui ondulaient au vent, légèrement, comme une mer calme, lui donnaient un certain bonheur. Toutefois ces ornières qui crevassaient les blés, ces traces des roues des tracteurs qui entraient dans les champs, avant la moisson, écrasant les graminées, pour déverser herbicides et fongicides, lui causaient un malaise. C'était manquer de respect au blé. Le Paul avait connu les temps de l'indigence, les glaneuses qui ramassaient les déchets d'épis après la moisson. La première fois où il vit une gerbe tomber d'une remorque et le chauffeur du tracteur qui s'en aperçut ne pas s'arrêter, parce que le temps gagné était plus important que la gerbe perdue, il comprit que rien ne serait plus pareil, que tout ce qui avait donné du prix à son existence s'écroulait, s'en allait, allait disparaître. D'ailleurs, peu de temps après il n'y eut plus de gerbes, plus de meules, plus de paillers. Une même machine moissonnait, battait, éjectait le grain dans des bennes, et ces bennes conduisaient directement le grain aux silos du bourg.

La nostalgie du Vieux Paul était néanmoins lucide. Il ne regrettait pas le poids des gerbes hissées à la fourche dans les charrettes, puis tout en haut des meules, ni les battages en pleine poussière, ni les sièges métalliques des faucheuses qui cassaient les reins. Il ne regrettait pas le lait mouillé, la viande de boucherie avariée, le poisson peu frais, le vin piqué, l'eau saumâtre polluée par les chats crevés dans les puits. Il avait été ce laboureur d'antan qui, lorsqu'il jetait dans la raie ses grains, savait que le premier serait pour le propriétaire, le second pour le corbeau et le troisième seulement pour lui.

Toutefois, à cet endettement phénoménal auquel se livraient Grégoire, et Patrick, et tous ces jeunes agriculteurs qui bouleversaient les habitudes des campagnes, le Paul rétorquait au fond de lui-même que la meilleure et la moins chère des machines avait toujours été et serait toujours l'homme.

Lorsqu'il marchait près des labours, il ne pouvait s'empêcher de se pencher et de ramasser une poignée de terre, de l'écraser dans ses mains, s'étonnant toujours de ne plus y trouver des vers, ni même des radicelles. La terre s'effritait en poussière entre ses doigts. La terre était devenue une matière neutre qu'il fallait revivifier sans cesse avec des engrais, des oligo-éléments. Ces oligo-éléments que son fils absorbait lui aussi en buvant du manganèse, du fer, du cobalt, liquéfiés en ampoules de verre. Son fils et sa terre s'anémiaient, se soignaient avec la même médecine. La terre ne retenait plus l'eau, ni les éléments minéraux. Il fallait l'aérer, la décompacter au moyen d'engins énormes, du matériel qui ressemblait à celui des Ponts et Chaussées, aux mâchoires voraces. Il disait à Grégoire :

— Quinze jours sans pluie et c'est la catastrophe !

Grégoire lui montrait les canalisations qui permettaient d'amener l'eau vers les champs les plus éloignés et ces gigantesques bobines où s'enroulaient les tuyaux d'arrosage :

— Avec ça, je suis paré.

Le Vieux Paul hochait la tête, incrédule. En même temps l'enthousiasme de son fils, sa confiance dans la modernité l'émouvaient.

Jean-François et sa mère, largués dans leur coin perdu, sans argent, sans matériel, sans bétail, durent faire face. Petit, trapu, la tête ronde et les yeux marron, Jean-François avait un aspect buté. Ses cheveux taillés court, en brosse, accentuaient sa rudesse. En réalité, il était gentil et doux, mais ne le paraissait pas, camouflant cette gentillesse et cette douceur qui avaient déjà perdu son père.

Lorsque Louis le Suicidé s'établit, on comptait quatorze pour cent d'agriculteurs. Les spécialistes disaient que c'était trop et que, lorsqu'ils ne seraient plus que onze pour cent, ils vivraient très bien. Louis se conforma donc à ce qu'on lui enjoignait d'entreprendre : emprunter pour acheter des terrains et du matériel. Comme ses collègues procédaient de la même façon, les fermes s'agrandirent, et comme les terres ne sont pas extensibles, le nombre des fermes diminua.

Lorsqu'il n'y eut plus que onze pour cent d'agriculteurs, leurs revenus, au lieu d'augmenter, fondirent. Les spécialistes, qui ont toujours raison, proclamèrent : « Quand vous serez sept pour cent, ça ira mieux. » Ils n'étaient plus que six pour cent lorsque Louis se suicida. Sans doute eût-il tenu encore plus longtemps, jusqu'à un pour cent, zéro virgule un pour cent, si l'on n'avait pas voulu remembrer ses terres et lui enlever son verger.

On parle toujours des accidents de la route, jamais du suicide des paysans. Et pourtant, dans l'ouest de la France, il y a deux fois plus de suicides de paysans que d'accidents mortels de la route. On n'en parle pas, sans doute parce que le suicide des paysans n'est pas un accident, mais une fatalité.

Fatalité aussi que cette vieillesse prématurée chez la veuve, cassée, boiteuse, qui paraissait la grand-mère de Jean-François plutôt que sa mère. Elle appartenait à cette génération de femmes qui, en même temps que le fermier, épousaient la ferme. Des femmes qui ne s'asseyaient jamais, sauf lorsque, trop âgées, elles ne tenaient plus debout, juste bonnes à tisonner le feu, à ravauder, à tricoter. Sinon, du mariage à la vieillesse, ces femmes ne s'arrêtaient pas, trayant les vaches de leurs doigts gourds matin et soir, écrémant le lait, barattant le beurre, moulant les fromages, nourrissant les volailles et les porcs, participant l'été à la fenaison, à la moisson, aux vendanges, sans parler de la préparation des repas qu'elles servaient sans s'asseoir, du ménage, de la vaisselle, du repassage, du savonnage hebdomadaire et de la lessive mensuelle, des déplacements au marché, de l'éducation des enfants. Et tout cela sans eau courante, sans autre équipement pour la cuisine que le feu de bois dans la cheminée. Oui, la mère de Jean-François avait été une paysanne à plein temps, elle avait même gagné le droit de conduire le tracteur, et maintenant qu'elle arrivait à l'âge de la retraite, que cette retraite eût bien aidé le fils, si démuni, on ne lui reconnaissait pas le statut d'agricultrice. C'est comme si elle n'avait jamais travaillé. Seul son mari était reconnu agriculteur et sa retraite il l'avait avalée en se passant la corde au cou.

Donc Jean-François et sa mère formaient un de

ces faux couples si nombreux désormais dans les campagnes : une mère veuve et un fils célibataire. Car ce formidable exode agricole, commencé voilà cent ans et qui prend de nos jours une ampleur catastrophique, cet exode d'abord des journaliers, puis des valets et des servantes, puis des métayers, des bordiers, des cabaniers, des closiers, a été suivi par celui des filles de paysans qui préféraient épouser un ouvrier citadin, même non qualifié, appatées par l'aisance d'un salaire mensuel. L'exode des paysans a transvasé, des campagnes dans les villes, des millions d'hommes, de femmes, d'enfants, sans que nul ne s'en émeuve. Tout cela s'est fait en silence, lentement, on pourrait même dire clandestinement. Car à part ses brusques flambées de révolte, tout ce qui touche à la paysannerie laisse le monde moderne indifférent. Les citadins qui plaisantaient jadis de la machine à refouler les péquenots ne savaient pas que cette machine existait réellement, mais qu'elle était inventée au contraire pour avaler les péquenots en douceur, sans que cela ne réveille la quiétude des banlieues.

Comme la fille aînée du Paul, la jeunesse féminine des fermes s'était enfuie. Nombre de jeunes hommes restaient seuls, qui finiraient vieux garçons.

Jean-François s'inquiétait fort de ce célibat que son isolement loin du bourg, en compagnie de sa mère, risquait d'entériner. L'exemple de Grégoire et de son ami Patrick lui démontrait que les femmes d'agriculteurs n'étaient plus des paysannes, mais des filles qui exécutaient un métier de citadines. Seul problème, elles devenaient peu nombreuses et difficiles à attraper.

D'ailleurs, pour l'instant, courir le guilledou lui eût été bien difficile, sans le sou, débordé de travaux exténuants. La sous-location de ses champs pour les vaches de Grégoire ne lui assurait que de quoi acheter des plants, des graines, quelques outils. Sa mère avait nettoyé le four et boulangeait leur pain. Elle grattait la terre, comme elle l'avait fait toute sa vie, à la binette, ouvrait des sillons à la houe, coupait de l'herbe à la faucille pour ses lapins qui ne se multipliaient pas assez vite dans les cages. Jean-François avait désherbé le verger, émondé les arbres. Mais leurs fruits étaient moins lisses, moins gros que ceux du supermarché et la veuve avait du mal à les vendre. Pratiquement, leurs cultures : pommes de terre, fèves, haricots, n'assuraient que leur propre subsistance. Ils vivaient dans une économie fermée, comme autrefois, avec la hantise du terme. Pour payer le propriétaire qui n'était pas trop chien, consentant à des délais, à des prolongements, Jean-François travaillait à la journée chez des fermiers aux époques de surchauffe.

Ainsi allait le monde, clopin-clopant. Nathalie langeait Damien. Grégoire accouchait ses vaches. L'enfant et les veaux se portaient bien. Patrick s'inquiétait de la sécheresse qui, depuis le printemps, appauvrissait les terres. Même dans le marais l'eau s'évaporait et le maïs rechignait à pousser. Antoine devait monter de plus en plus haut, dans le bocage, pour faire brouter ses moutons. Il attendait avec impatience que les blés soient coupés afin de pouvoir mener son troupeau dans les chaumes. Bien que, avec les herbicides, les chaumes n'offraient plus guère de quoi rassasier les brebis. Ses bêtes marchaient trop et les négociants ne les trouvaient pas assez grasses.

Ainsi allait le monde des campagnes où les petits devenaient de plus en plus petits et les gros de plus en plus gros. Jean-François et Antoine rapetissaient alors que Grégoire et Patrick grandissaient. A la pénurie connue par leurs aïeux, succédait l'abondance. Abondance de lait, abondance de blé. Des rendements toujours plus forts, comme pour les courses de vélos et les matchs de foot. Les records vus à la télévision se concrétisaient aussi dans les fermes prospères. Une poule, qui pondait soixante-dix œufs, vers 1900, en pondait deux cent cinquante. Avec l'insémination artificielle, un taureau pouvait engendrer dans sa vie cent mille descendants. Les récoltes d'orge se multipliaient par sept, la production porcine et bovine par deux, le rendement des fruits par trois.

Grégoire et Patrick, portés par cette réussite, croyaient dans le Marché commun, dans l'Europe, et recevaient comme une bénédiction la prophétie cariée du président de la République : « L'agriculture est le pétrole vert de la France. »

Le tracteur de vingt-cinq chevaux, dont le Vieux Paul était si fier, avait été remplacé par un tracteur de cinquante chevaux. Patrick, pour ses céréales, avait acquis un tracteur de quatre-vingts chevaux. De tels engins, pour être amortis, devaient être utilisés beaucoup. Or un tracteur qui, dans les années soixante, servait mille deux cents heures par an, n'était plus utilisé que quatre cents heures. La mécanisation vidait le tiers du porte-monnaie de Grégoire qui aurait voulu des instruments à tout faire, alors que les machines agricoles, trop spécialisées, conduisaient à la spécialisation des productions. Ce sont elles qui imposaient de changer la gamme des récoltes et les méthodes de travail.

Patrick et Grégoire ne prenaient plus de congés, travaillaient le dimanche et la nuit à la lueur des phares. Ils croyaient commander leurs machines et ce sont elles qui les commandaient. Toujours plus vite, pour produire toujours davantage. Ils gagnaient plus d'argent qu'aucun paysan n'en gagna jamais, mais ils devaient prélever chaque année sur leurs gains de quoi rembourser l'emprunt qui avait permis l'achat du nouveau tracteur, de la nouvelle moissonneuse-batteuse. Toutes ces machines se démodaient vite et se revendaient trop hâtivement. Hier Patrick était venu dans la ferme de Grégoire lui montrer sa charrue à six socs, étincelante de tous ses aciers vierges. Il l'avait fait tourner dans la cour, comme un char romain dans les cirques antiques des spectacles télévisés. Grégoire se sentait un peu bouseux dans ses bottes de caoutchouc maculées de fumier. Il s'essuyait les mains à son tablier de toile. Alors que Patrick était vêtu comme un mécano, en blue-jean. L'élevage, le lait imposaient bien des contraintes que le céréalier ne connaissait plus. En regardant cette charrue qui s'éloignait, dans un fracas de gaz et de métal, il se demandait s'il n'avait pas choisi la mauvaise part. Puis il rentra dans l'étable, retrouver ses bêtes, qu'il aimait bien.

Le Vieux Paul, que son grand âge avait fini par écarter de tout travail, consacra son temps à son petit-fils dès que celui-ci fut en âge de marcher. Il serrait dans sa paluche maigre et ridée la menotte dodue de l'enfant et l'entraînait dans l'écurie où les stalles des chevaux restaient en état. Il lui racontait ce qu'était un cheval, un âne, un bouc. Dans son récit, ces animaux jadis familiers, disparus de toutes les fermes, devenaient pour Damien des êtres fantastiques. Le Paul l'emmenait à travers champs, lui parlait du maïs, du blé, de la betterave sucrière, en se désolant de ne rien dégoter d'autre à lui montrer, sinon parfois de la luzerne et du colza.

— Mon petit gars, lui disait-il, les hommes

s'acharnent à se décharner. Ils font de la pauvreté une vertu.

Damien écoutait sans comprendre. Le Vieux Paul précisait :

— On ne mange plus qu'une dizaine de plantes, même si on en sème et en récolte encore une centaine. Mais dans les temps très anciens les chasseurs et les cultivateurs en utilisaient au moins cinq mille...

— Comment tu le sais ? demanda Damien.

— Je suis si vieux, mon pauvre petit. J'en sais, des choses !

Et pour être encore plus crédible, il ajouta :

— C'est mon grand-père qui me l'a dit.

Que son grand-père puisse revendiquer lui aussi un grand-père parut à Damien le comble de l'extravagance. Il aimait bien le Vieux Paul, qu'il trouvait rigolo.

— Il existe des milliers de plantes comestibles, s'obstinait à répéter le vieillard. On se prive de bien des variétés de nourriture. Tu verras, toi, quand tu seras grand, tu ne mangeras plus que des pop-corn.

Des pop-corn ! Contrairement à ce que pensait son grand-père, pour Damien cette perspective était plutôt réjouissante.

C'est un trait bien connu de la vieillesse que de considérer le passé plus beau que le présent et l'avenir tout à fait effrayant. Ce qui permet au vieillard de ne pas regretter cet avenir qu'il ne peut espérer vivre. Il ne regrette que son passé, c'est-à-dire sa jeunesse enfuie. Mais en même temps, image de sa propre enfance, le petit enfant le rassure. Ce sont les adultes qu'il ne comprend plus.

Il aimait emmener Damien dans la ferme abandonnée de son frère. Dans ces locaux vides, il pouvait mieux lui raconter la manière de vivre dans la métairie de sa jeunesse. Il lui disait que l'on vivait avant tout dans la cuisine, noire de la fumée du bois souvent mouillé qui brûlait dans la cheminée, la cuisine avec ses jambons suspendus au plafond, ses pots de terre près des braises, dans la cendre, où cuisaient interminablement des légumes secs, le calendrier des postes accroché sous le christ en bois, orné de buis bénit. Il lui parlait de la souillarde, de la laiterie qui sentait le lait caillé, de la porcherie où l'on entendait les cochons couiner, des bouillies et des galettes que l'on mangeait à la place de viande et de pain, des crêpes (on en faisait sauter une au-dessus de l'armoire pour devenir riche), du bouquet de mai que l'on plantait sur les maisons des filles à marier, des capes que portaient les hommes, des châles et des coiffes aimés des femmes, des veillées. Et les veillées lui évoquaient la nuit.

L'hiver, lui disait-il, le paysan vivait dans la nuit. Avec la peur de la nuit. Le Paul se souvenait que lors de son service militaire, à Nancy, la lumière électrique à profusion dans les rues de la ville l'avait fasciné. A la campagne, les chandelles étaient chères et brûlaient vite, ne donnant qu'une faible lueur. L'avènement de la lampe à acétylène avait été une révolution. Avec la lampe Pigeon, on accéda à l'aisance bourgeoise. Néanmoins, on continua à se coucher comme les poules, faute de lumière.

Damien écoutait comme on écoute des contes de fées et d'ogres. Il ne croyait rien de ce que lui disait son grand-père, trop invraisemblable. C'était un enfant peu turbulent, qui ressemblait à sa mère. De petits yeux vifs, très noirs. Un gamin potelé, que la fréquentation assidue du Vieux Paul rendait prématurément sérieux.

Un jour qu'ils arrivaient une fois de plus près de la ferme abandonnée, ils la virent entourée de camionnettes. Des ouvriers montaient des échafaudages. On entendait des bruits de perceuses, de marteaux, de scies. Le Vieux Paul sentit la colère le gagner. Que faisaient ces gens chez son frère ? Il héla un ouvrier qui lui répondit que la bicoque (la bicoque !) avait été vendue à un Anglais comme résidence secondaire et qu'ils essayaient de transformer cette ruine en quelque chose d'habitable.

Comment peut-on ainsi perdre l'esprit ? Il se souvenait maintenant que cette ferme n'appartenait plus à son frère depuis au moins trente ans. Mais il restait atterré, anéanti, comme s'il se démunissait soudain d'un bien très précieux.

Le soir, il confia à son fils sa déconvenue et son chagrin. Grégoire ne prêta d'abord guère attention aux propos de son père qu'il trouvait de plus en plus radoteur. Puis soudain, se levant si brusquement que sa chaise bascula, il s'écria :

— La terre... la terre...

Se précipitant dans la cour, il mit sa voiture en marche et fonça chez Patrick.

L'Anglais qui avait acheté les bâtiments n'aurait sans doute pas l'utilité des vingt-cinq hectares attenants à la ferme. S'ils n'étaient déjà vendus ou loués, il fallait s'en porter acquéreur immédiatement, prendre de vitesse les autres postulants. C'est pourquoi Grégoire filait chez Patrick pour qu'ils se partagent le lot.

Le dimensionnement excessif des engins de culture avait amené le remembrement, les arrachages de haies, les arasages de talus. Les machines ne toléraient pas les lopins, les enclaves, les chemins étroits. Elles exigeaient des champs immenses, donc de plus en plus d'hectares cultivables.

Jadis, dans la région, trois familles nobles, dont une seule était résidente (celle du comte de X.), possédaient la presque totalité des terres. Mais les fermages succédant aux métayages, ces familles nobles, citadinisées, appauvries, avaient vendu peu à peu leurs parcelles. Bien sûr, l'exode des paysans eut pour effet de ressouder les parcelles morcelées et de reconstituer de plus grands domaines. Malgré cela, toutes les fermes qui subsistaient manquaient d'espace. La possession de quelques hectares supplémentaires devenait une condition de maintien de l'agriculteur. D'où une concurrence acharnée dans les ventes qui poussait le prix du sol perpétuellement à la hausse. D'où les soultes données aux co-héritiers. D'où l'endettement croissant auprès du Crédit agricole.

Tout paysan eut désormais pour ennemi son voisin, dont il enviait la terre. Le voisin, en trop, l'empêchait de s'agrandir. Cette rivalité amenait des brouilles et des coups tordus.

Grégoire et Patrick conservaient cette passion de la possession de la terre commune à leurs parents, mais elle avait changé de nature. Ils avaient compris que la propriété du sol et les charges foncières qui s'ensuivent, et les agios à payer à la banque, ne leur apportaient aucun avantage. Ils voulaient seulement le droit d'exploiter un sol dont ils seraient locataires, plus propice ainsi aux échanges, aux réajustements, à la mobilité des emplacements. Mais, ils n'avaient pas toujours le choix, les vingt-cinq hectares de l'Anglais étaient à enlever de suite, à n'importe quel prix.

Un hectare de plus, pour Grégoire, représentait une vache supplémentaire et six tonnes de lait.

Un hectare de plus, pour Patrick, signifiait cent quintaux de blé.

Les deux copains se précipitèrent chez le notaire. L'Anglais ne voulait pas louer, mais se disait prêt à se débarrasser de ces terrains à qui voudrait s'en montrer acquéreur. Guillaume et Patrick purent donc étendre leurs domaines... et leurs dettes.

Le printemps 1976 fut anormalement sec. Et l'été torride. Les prairies de Grégoire, brûlées, ne permettaient pas aux vaches de paître. Elles meuglaient désespérément, cherchant de l'ombre. Patrick lui fournit de la paille qui servit d'aliment de substitution. Puis il dut piocher dans les réserves de tourteaux, emmagasinées pour l'hiver.

Le Vieux Paul s'obstinait à regarder la lune, qu'il distinguait mal avec sa cataracte.

— Ne t'use pas les yeux inutilement, lui disait Grégoire, agacé. Tous les matins j'écoute la météo à la radio. Ce qu'ils peuvent me faire enrager à répéter que le beau temps se maintient. Le beau temps, pour nous, c'est la pluie si nécessaire. Il n'y en a que pour les vacanciers. Du beau temps, du beau temps... Ils verront quand ils n'auront plus de lait, plus de beurre. Mais ils s'en foutent. Ils en importeront. Ils nous casseront nos prix.

— Autrefois, on conjurait les intempéries avec les Rogations, murmurait le Paul. Mais les curés, maintenant...

— Tu sais bien que l'irrigation remplace les Rogations. C'est plus sûr.

Il n'empêche que Grégoire était trop intelligent

pour ne pas s'apercevoir de la fragilité de la modernisation. L'agriculteur moderne se trouvait aussi démuni devant la sécheresse que son père ou son grand-père. Le modèle de développement économique agricole, dans lequel il avait cru aveuglément, se montrait incapable d'assumer un accident climatique. De rage, Grégoire, Patrick et quelques dizaines de leurs collègues allèrent manifester devant la sous-préfecture, comme si l'Etat, l'administration, la ville portaient la responsabilité de la sécheresse. Ils exigeaient un dédommagement. Qu'ils obtinrent. Il y eut, cette année-là, pour les citadins, un « impôt sécheresse ». Les vaches à lait changeaient d'étable.

La sécheresse dura jusqu'à l'automne. Ensuite vinrent les trombes d'eau qui noyèrent les champs. Il fallait extraire les pommes de terre et les betteraves de la boue. Car si les techniques modernes agricoles n'ont pas modifié les imprévus du temps, si le temps campagnard est inadéquat au temps industriel, si les denrées agricoles sont le seul produit à ne pas être payé à l'heure de travail, les machines n'ont pas éliminé non plus la boue, la vase, dans lesquelles elles patinent, s'enlisent ; cette boue qui gicle sur leur belle peinture rouge, en flaques merdeuses ; cette boue qui colle aux vêtements, à la peau, souille les mains et le visage, colle aux cheveux ; cette boue qui rappelle à l'agriculteur qu'il demeure encore un paysan lié à la terre, qu'il demeure tributaire des soubresauts de la terre, des colères du vent, des bombardements de la grêle. Périodiquement, l'orage qui dévaste les blés, se manifeste comme le dieu de la terre, rappelant à ses fils hérétiques qu'il ne désarme pas.

2

JEAN-FRANÇOIS rencontra Karine à la discothèque. La discothèque, salle de bal installée dans un champ, à quelques kilomètres du bourg, était une sorte de hangar bricolé avec du contreplaqué, de la tôle et du plastique. La campagne commençait à se parsemer ainsi de verrues, d'abcès urbains qui surgissaient n'importe où et n'importe comment. Non seulement ces immondices ne choquaient pas la population locale, mais elles constituaient des phares qui attiraient dans leur halo une jeunesse déboussolée.

Que Jean-François ait eu envie d'échapper, un samedi soir, à sa cambrousse, à sa mère, à sa solitude, rien de plus naturel. Mais il eût mieux fait de camper avec ses chèvres. Quoique, après tout...

La sono du hangar discothérien était telle qu'elle traversait les murs fragiles et répandait son tam-tam jusqu'au fin fond des borderies oubliées dans le bocage. Les hurlements du rock annulaient tous les bruits traditionnels de la nuit champêtre. Les chiens, trop enroués à force de protester, n'aboyaient plus. Les chouettes s'enfonçaient le cou dans leurs plumes et se bouchaient les oreilles. Les renards se glissaient au plus profond de leurs terriers. Les trembles n'agitaient plus leurs feuilles. A quoi bon ? Rien ne restait audible, sinon les miaulements des guitares électriques et les coups de gong des batteries.

Dans cet univers sonore, aveuglé par les clignotements des spots, suffoquant par le manque d'air et la forte odeur de sueur, Jean-François dansait. Il dansait comme il voyait danser autour de lui, en se balançant, en se tordant les reins, en lançant devant lui ses bras comme s'il voulait attraper quelque chose. Sans le faire exprès, il attrapa Karine, une petite blonde, tout en rondeurs, qui ne devait pas être du pays, car il ne l'avait jamais aperçue. Sa jupette, découvrant des cuisses bien blanches, était assez affriolante. Ce que laissait entrevoir le corsage n'était pas mal non plus.

— Vous venez d'où ? demanda Jean-François.

Il se fit répéter plusieurs fois la réponse. La jeune fille criait : « Quoi ? », « Hein ? », « Qu'est-ce que tu dis ? », et Jean-François feignait de ne pas comprendre, ce qui lui permettait de serrer de plus près l'inconnue.

Ce genre de discothèque, il est vrai, n'est pas conçu pour la conversation.

Une bousculade parmi les danseurs, un remous dans les couples, et l'inconnue disparut, engloutie dans un tourbillon. Jean-François la rechercha en vain, ne se résignant qu'aux approches du matin à enfourcher sa moto et à rentrer chez lui, plus mélancolique qu'il n'en était sorti.

Lorsque Grégoire entendit sur Europe 1 l'appel pour le boycott du veau aux hormones il eut envie de rigoler. Les intellos en avaient de bonnes ! S'ils savent fabriquer du veau maigre et tendre sans hormones qu'ils le disent ! Ils veulent du maigre et du tendre, on leur en donne. Ils ne veulent pas de veau rose. Ils trouvent que le veau rose ressemble trop à du bœuf. Ils croient que la viande de veau blanche est plus naturelle, alors qu'on la leur trafique. S'ils ne veulent pas qu'un veau ressemble à un bœuf, mais à un poulet, qu'ils s'en prennent à leur connerie, se disait Grégoire, dont la colère montait.

Il se reprochait d'écouter la radio qui ne savait qu'annoncer des nouvelles catastrophiques.

Mais il fallait bien qu'il l'écoute pour connaître la météo. Et ces salauds, qui devinaient que les paysans ne branchaient la radio que pour la météo, les faisaient attendre, repoussaient la météo après les informations et après les kyrielles de publicité.

La météo, parlons-en ! Si c'est pour prédire le matin le temps qu'il fera le soir même, belle invention ! Elle n'avait pas été fichue de prévoir la sécheresse. Sinon Grégoire aurait pris ses précautions. Alors que, faute de fourrage, il avait dû vendre des vaches qui lui manquaient, maintenant. Et comme tous les éleveurs se trouvaient dans la même situation, ce trop-plein d'animaux sur le marché entraîna une baisse record du prix de la viande bovine.

Huit jours après l'appel d'Europe 1, les bouchers ne décrochaient plus de client pour les escalopes, les blanquettes, les paupiettes, etc. A la ferme, le prix du veau bon pour l'abattoir ne couvrait plus l'achat du veau de huit jours, de son alimentation, de ses médicaments.

Car, enrageait Grégoire, ils ne savent pas ce que nos animaux nous coûtent en médicaments, ces foutus gens des villes.

S'ils l'avaient su, ç'aurait été bien pire. Heureusement pour les paysans, les citadins ignoraient qu'ils mangeaient la plupart du temps des animaux malades. Soignés certes, requinqués, bons pour la consommation, au dire des vétérinaires, mais qui ne parvenaient au bout de leur courte vie qu'à force d'analeptiques et d'anabolisants.

Est-ce de notre faute, ronchonnait Grégoire, si le

lait entier, si le bon lait des vaches, est interdit aux veaux, si les veaux enlevés à leur mère dès la naissance ne sont nourris qu'avec la poudre que l'on nous fournit à pleins sacs ? Les eurocrates subventionnent une pseudo-poudre de lait, où la matière grasse d'origine est remplacée par du suif et des produits végétaux. On nous oblige à acheter ce lait artificiel et, pour qu'ensuite nos veaux ne soient pas trop mous, trop gélatineux, il nous faut leur injecter des anabolisants qui développent leur masse musculaire en retenant l'eau dans leurs cellules. Ah ! ils ne savent pas, les villadins, ce qu'on nous force à trafiquer !

Comme Grégoire avait la mauvaise conscience de fabriquer du caca, plutôt que de la viande, il prenait sur lui de laisser les nouveau-nés téter leur mère. Seulement pendant trois heures, n'exagérons rien.

Et les vaches, sélectionnées, fournissaient de plus en plus de lait. A tel point que c'en devenait même ahurissant. Le Vieux Paul s'avouait battu. Lui qui reprochait à son fils l'élimination des parthenaises, au profit des frisonnes, regardait le résultat avec stupéfaction. Ses parthenaises, jadis, donnaient deux mille kilos de lait par an ; aujourd'hui les frisonnes en produisaient six mille.

Le Vieux Paul ne comprenait plus rien. Ce triplement phénoménal de lactation l'égarait. Il partait encore en promenade avec son petit-fils, mais l'enfant maintenant guidait le vieillard, le tirait par la main, s'impatientant parfois de son allure trop lente. Il ne rôdait plus autour de l'ancienne ferme de son frère, depuis que l'Anglais l'avait restaurée et qu'elle ne ressemblait plus à un bâtiment agricole. Ces granges, ces écuries, ces étables transformées en images de magazines le consternaient. Il lui semblait qu'on lui volait quelque chose. A l'entour, les gros engins rouges de Patrick soulevaient des nuages de poussière. Le Vieux Paul les voyait comme des insectes monstrueux dévoreurs de récolte.

La Providence prit pitié de Paul et lui épargna de devenir centenaire. Lui qui n'avait jamais été malade ne mourut pas de maladie, mais s'éteignit dans son sommeil, à l'heure de la sieste.

La Providence fut moins clémente pour le vieux valet que Grégoire et Nathalie ne supportèrent pas de conserver plus longtemps à leur table. Comme dans tous les bourgs, à la discothèque des jeunes répondait une maison de retraite pour les vieux. Grégoire y transporta l'ancêtre, paya sa pension et déguerpit.

Jadis les paysans travaillaient beaucoup, mais ils travaillaient lentement. Ils devaient s'adapter à la marche lente des bœufs, à l'effort patient du cheval de labour, à l'interminable germination des graines. Aujourd'hui, leurs journées sont sans doute plus courtes, leur travail physique moins harassant, mais ils courent toute la journée, comme tout le monde court, à l'usine, au bureau, dans la rue, à l'école. Il faut être performant. Il faut battre des records. Lorsque, au siècle dernier, les Etats-Unis entreprirent les travaux délirants et meurtriers du chemin de fer d'est en ouest, sous le prétexte d'un hypothétique besoin de communiquer rapidement, le philosophe Henry Thoreau répliqua : « Communiquer, pour quoi faire puisque les gens n'ont rien à se dire. »

Travailler vite, si vite, pour quoi faire puisque les stocks s'accumulent et que les consommateurs n'arrivent pas à suffisamment consommer.

Les hommes travaillent vite. Les animaux sont condamnés, eux aussi, à travailler vite. Même en ne bougeant pas. Ils bougent même de moins en moins, pour engraisser plus rapidement. Grégoire se désolait de devoir attendre deux ou trois ans pour produire une carcasse de bœuf (qui n'était d'ailleurs qu'une vache !). Il s'en désolait parce qu'il lui était impossible de connaître, deux à trois ans à l'avance, l'orientation de la demande. On le sommait de devenir un industriel de la production de la boucherie, alors que son produit était trop long à fabriquer.

Quant aux vaches, qui ne vêlaient qu'à deux ans, elles ne restaient laitières que pendant trois ans. Ensuite, épuisées par tant de tétées, on les abattait et les vendait comme viande de bœuf.

Parfois Grégoire, qui aimait les bêtes, pensait aux

vaches de son père qui vivaient une quinzaine d'années, avec une vie sexuelle normale et une vie de mère naturelle. Fécondées artificiellement, elles ne savent plus, les pauvres, ce qu'est un taureau. Elles n'en ont jamais vu. Et elles n'aperçoivent leurs petits qu'un bref instant, lorsqu'elles mettent bas. A peine sont-elles relevées que le veau n'est plus là.

Et puisque Grégoire aimait les bêtes, il se répétait qu'il fabriquait de la merde. Mais ses emprunts, les traites qui arrivaient tous les mois, ses agios, tout cela lui brouillait la vue. Puisqu'il faisait un tel effort pour tenir le coup, pour ne pas sombrer, comme tant de ses collègues, il demandait à son bétail de l'aider, de se sacrifier lui aussi. Est-ce que Nathalie ne se sacrifiait pas lorsqu'elle rentrait de son école, fatiguée, et devait tenir les livres de comptes, patienter au téléphone, récapituler les factures, établir des graphiques prévisionnels ?

Ils arrivaient au lit éreintés. Pourtant Grégoire se levait plusieurs fois dans l'obscurité, inquiet des vaches sur le point d'accoucher, et Nathalie allait souvent le rejoindre dans l'étable.

Elle qui s'était tant réjouie d'épouser un agriculteur se demandait alors si la lutte qu'elle menait avec son mari n'était pas vaine. Lorsque le mystérieux comte de X., enfermé dans son château branlant, que personne ne voyait jamais, le mystérieux comte de X., aussi fabuleux que le marquis de Carabas, vendit la ferme qu'exploitaient les parents de Nathalie, ceux-ci, qui ne pouvaient l'acheter, devinrent gardiens d'immeuble en ville, heureux de se débarrasser de leur fardeau. Longtemps, Nathalie leur en avait voulu de cet abandon. Maintenant, il lui arrivait de se dire qu'ils avaient eu raison de fuir un métier si dur, si incertain. Elle observait l'usure précoce de Grégoire, leurs nuits si courtes, souffrait de ne pouvoir garder plus longtemps près d'elle, au lit, son mari si anxieux de son élevage. Elle lui disait parfois, dépitée :

— Tu aimes mieux tes bêtes que moi.

— C'est toi qui es bête, répétait-il en souriant tristement.

Et il ajoutait :

— C'est un mauvais moment à passer. Après, on s'en tirera. Je ne te dis pas qu'on se la coulera douce, mais on prendra du bon temps, tu verras.

— Après, on sera vieux...

Il serrait Nathalie contre lui, la décoiffait, la bousculait :

— Toi tu ne seras jamais vieille ! Et puis quoi, la vic n'est pas si mauvaise. Du temps de nos parents...

Grégoire se taisait. Il pensait à sa mère, morte de tuberculose, après trop de refroidissements les nuits où elle guettait dans la porcherie la naissance des gorets, afin de les soustraire en vitesse aux truies qui avaient une propension à dévorer leur progéniture. Lorsque Nathalie venait le rejoindre dans l'étable, pour surveiller les parturitions, Grégoire pensait toujours à cette mère qu'il avait à peine connue, à ce danger de la maladie, de la contagion.

Car il fut un temps, si proche, où les épidémies frappaient à la fois les habitants de la ferme et les animaux de l'étable. Les vaches tuberculeuses contaminaient ceux qui buvaient leur lait. On ne parlait que de la tuberculose dans les taudis urbains et des bienfaits du bon air de la campagne. Or, le bon air de la campagne, pollué dans les fermes sordides, tuait à tour de bras. Le frère de Paul, ce fameux frère dont il recherchait le fantôme dans la ferme achetée par l'Anglais, était mort de tuberculose. Sa femme aussi. Quant à leurs enfants, ils s'échappèrent à temps, se réfugiant en ville, où l'air était moins sain, mais les médecins plus nombreux.

Il se souvenait aussi de son père, désespéré lorsque la fièvre aphteuse atteignait ses vaches. Les aphtes apparaissaient d'abord sur la bouche et les pieds des bêtes et, lorsqu'elles allaient boire à l'abreuvoir, elles se contaminaient les unes les autres. Les lésions des lèvres les empêchant de se nourrir, elles maigrissaient à vue d'œil, devenaient étiques. Les plus jeunes crevaient d'abord. Puis les vaches pleines avortaient. Les viandes suspectes étaient saisies à l'abattoir. La fièvre aphteuse s'apparentait à ces autres calamités qui pouvaient ruiner un exploitant en quelques jours : l'incendie, l'inondation, la grêle.

Grégoire se rassurait en se rappelant qu'il appartenait à un temps qui avait inventé à la fois les assurances, les indemnités pour calamités naturelles et les vaccins.

Depuis que les troupeaux étaient inoculés contre cette épidémie, il n'y avait plus de fièvre aphteuse. Il n'y avait plus de tuberculose depuis la pasteurisation du lait. Restait le stress. Restait que Nathalie se laissait gagner par la mélancolie.

Grégoire avait beau faire pour moderniser son élevage, il demeurait néanmoins l'esclave de ses bêtes. Il demeurait tributaire du résultat des récoltes et de la bonne conservation des fourrages. Il empilait dans des silos étanches l'herbe hachée et la tassait, l'abritait sous des bâches de plastique noires sur lesquelles il amoncelait de vieux pneus pour que le vent ne les découvre pas.

Grégoire demeurait un paysan. Alors que son ami Patrick, le céréalier, libéré du souci de l'animal, de la vie organique, affinait sa production en se faisant producteur de semences.

Dans le marais repoussé, asséché, drainé et donc détruit, où il cultivait de grands champs de maïs, tous les étés il embauchait cent soixante personnes, étudiants, chômeurs, travailleurs saisonniers, pour une tache délicate : l'écimage.

Parmi ceux-ci Jean-François, toujours à la recherche d'emplois temporaires lui permettant de payer le loyer de sa ferme.

L'écimage renouait avec les grands travaux collectifs d'autrefois : moisson, vendanges, récoltes des fruits. Mais comme son infirmière d'épouse ne pouvait cuisiner pour cent soixante personnes, le repas champêtre et festif n'existait plus. Chacun apportait son pain, sa tranche de jambon de Paris. Chacun apportait sa canette de bière. Pour ceux qui habitaient trop loin, on dressait des tentes. L'écimage tenait du camp de vacances et du taylorisme. On travaillait par groupes de dix, avec un chef d'équipe. Jean-François, habitué à cette tâche saisonnière, commandait une équipe.

Il n'employait pas le mot écimage, trop savant, mais castration. On castrait le maïs comme Antoine castrait ses béliers.

Chaque chef d'équipe expliquait aux nouveaux venus leur tâche méthodique et délicate. La plupart ne comprenaient pas grand-chose à ces histoires de plantes monoïques, de fleurs unisexuées et de semences hybrides. En recommençant plusieurs fois ses précisions, Jean-François se perdait lui-même dans les détails. Le démarrage était toujours très long. Patrick s'impatientait, allait d'une section à l'autre, changeait certains intervenants qui lui paraissaient mieux intégrés dans un autre groupe. L'épuration, qui précédait l'écimage, permettait les rodages. La besogne était plus simple puisqu'il s'agissait seulement d'arracher les plantes chétives, les talles issues des bourgeons à la base de la tige et d'éliminer toutes les pousses parasites.

Ensuite commençait l'enrégimentation. Chaque personne écimait une rangée, sans changer en aucun cas son parcours. Pour ne pas abîmer le maïs, les fleurs ne devaient être tirées qu'en tenant la tige d'une main. Tous les dix mètres, il était conseillé de se retourner pour vérifier si des fleurs, cachées par les feuilles, n'avaient pas été oubliées. Beaucoup le négligeaient et le chef d'équipe criait sans cesse pour rappeler cet impératif.

Et c'est ainsi, obligeant une fille distraite à se retourner, que Jean-François reconnut Karine.

Elle ne portait plus sa jupette si courte, mais son blue-jean effrangé, moulé sur ses fesses n'était pas moins provocant. Son corsage, noué au-dessous des seins, laissait apparaître sur ses reins sa peau duveteuse de blonde. Jean-François reçut cette apparition comme un coup de poing à l'estomac. Il s'avança vers elle, vit qu'elle travaillait trop vite et maladroitement.

— On n'est pas aux pièces, ici. Tu n'as pas l'air d'avoir compris. Le maïs est une drôle de plante dont les fleurs mâles et femelles sont réunies sur un même pied...

— La veinarde, coupa Karine. Pas besoin de draguer ailleurs.

— Manque de pot, on castre les mâles et on laisse

les femelles se débrouiller toutes seules. Tu vois, on n'est pas qu'un peu macho !

— Mais pourquoi vous faites tout ça ? Vous pouvez pas laisser les plantes vivre leur propre vie.

— Moi, je ne cherche pas à comprendre. Au patron ça rapporte gros et nous ça nous donne du boulot. Quoi de mieux ? Allons, avance. On bavardera ce soir. Tu te souviens qu'on s'est déjà vus ?

— Non ! Où ça ?

— A la discothèque.

— Ben mon vieux, tu en as de la mémoire. Avec toutes les nanas qui tournicotent dans cette boîte... Tu dois confondre.

Jean-François rejoignit sa place, qui lui permettait de surveiller son équipe. Il repérait les filaments qui s'échappaient au sommet des spathes en une touffe brune, veillait à ce que la fleur soit bien cassée à la base, dès qu'elle sort des houppes. Toutes ces histoires de mâles, de femelles, de fécondation, de castration finissaient par lui tourner le ciboulot. Les filaments des spathes devenaient poils de pubis féminins et les formations d'épis, à l'aisselle des feuilles, des phallus. Toute cette germination des plantes, cette généreuse fécondation, ces odeurs de sueur et de sexe des écimeurs et des écimeuses lui donnaient une sorte d'ivresse, de vertige, de langueur malicieuse. Il n'arrivait pas à détacher ses yeux de cette fille de la discothèque, qu'il apercevait de dos, si sensuellement cambrée dans son jean.

Au casse-croûte du soir, Jean-François voulut se rapprocher de Karine. Mais il la vit très entourée par des gars qu'il ne connaissait pas ; des types de la ville, bien sûr, qui restaient entre eux, qui faisaient bande à part, prenant leur revanche sur leur infériorité au travail, en éliminant de leur groupe les pedzouilles. Ils parlaient fort, riaient, s'efforçant de prouver leur supériorité en crânant.

La plupart des hommes et des femmes, venus du bourg et des hameaux d'alentour, s'en retournaient chez eux le soir. On dressait surtout les tentes pour ceux et celles que l'on appelait, on ne sait pourquoi, les Parisiens, puisque aucun d'entre eux ne venait de la capitale. Mais comme de la capitale arrivaient les directives gouvernementales, la fixation des prix, toutes les contraintes imposées au monde agricole, chaque citadin, ou présumé l'être, se transformait par réprobation en Parisien.

Jean-François se retrouvait avec des chômeurs du bourg, anciens ouvriers de petites usines fermées. Patrick lui avait demandé de rester en permanence au campement afin d'assurer son organisation et sa surveillance. Un regroupement aussi important d'hommes et de femmes, la plupart très jeunes, ne pouvait être laissé aux jeux de l'improvisation. Eviter les contraintes de la discipline et les aléas de la dissipation n'était pas facile. Têtu, buté, Jean-François s'adaptait mal à ce rôle qu'on lui demandait d'exercer. Mais Patrick qui le connaissait bien, qui plus d'une fois l'avait aidé dans sa borderie, en compagnie de Grégoire, ne disposait pas d'autre choix.

En principe certaines tentes étaient affectées aux filles et d'autres aux garçons. A la tombée de la nuit, il se produisait des embrouilles. Des disputes aussi. Jean-François n'avait pour tâche que d'éviter des dégâts dans les maïs. Il pourchassait donc les couples qui s'y égaraient et laissait faire le reste. Laissait faire... A contrecœur en ce qui concernait Karine qu'il aurait bien voulu s'approprier et qu'il voyait virevolter d'un gars à l'autre.

Patrick revenait de bonne heure le matin, bien avant ses chefs d'équipe et ses travailleurs dispersés. Il apportait du café chaud dans une grande bouilloire. Les premiers levés saluaient le patron et buvaient le café avec lui.

Le travail reprenait très tôt. Comme la rosée était abondante, chacun se glissait entre les rangées de feuilles luisantes engoncé dans un anorak ou un autre vêtement de pluie, que l'on devait rejeter dès que le soleil rayonnait.

Chaque jour, Patrick recevait avec inquiétude l'envoyé du Service officiel de contrôle de la production de maïs-semence. Ce notateur était en effet habilité à déclasser toute parcelle qui ne répondait pas aux exigences du règlement technique. La zone déclassée, considérée comme impropre à l'écimage, entraînait une perte financière considérable pour l'exploitant.

Qu'il était loin le temps où le paysan se savait maître chez lui. Mais Patrick pouvait-il encore s'appeler paysan ?

Jean-François, agacé par ce qu'il croyait les dérobades de Karine, en réalité simple indifférence à son égard, reportait sa mauvaise humeur sur les « Parisiens », qu'il houspillait.

Dans les champs de maïs irrigués, les fleurs poussent en une journée. Il fallait donc repasser cinq ou six fois dans les rangs pour couper celles qui venaient juste de sortir. Sur un rang de deux cents mètres, le notateur n'acceptait pas que la norme d'impureté dépasse deux à cinq fleurs. La surveillance des chefs d'équipe restait donc incessante et crispante.

Un après-midi, alors que le soleil chauffait dur, Jean-François aperçut des tiges de maïs qui s'agitaient et s'effondraient. Il se précipita et vit Karine, couchée de tout son long, immobile, face contre terre.

— Pas de chapeau... L'idiote, pas de chapeau... Un coup de bambou sur le crâne...

Des rangs de maïs surgissaient des garçons et des filles que Jean-François rabroua :

— Perdez pas de temps... Je m'en occupe, de la môme... Pas de chapeau... Par un soleil pareil ! A-t-on idée... On leur répète, pourtant... L'anorak le matin, le chapeau dans la journée...

Il souleva Karine, inanimée, la prit dans ses bras et l'emporta sous une tente.

Ah c'est bien ça ! se disait-il. On me fait la gueule quand on pète le feu. Et quand on craque, on est bien contente qu'il vous ramasse, le Jean-François.

Il l'allongea sur un lit de camp, alla chercher de l'eau qu'il lui versa sur la figure, lui mouillant les cheveux. Elle ouvrit les yeux, lui prit les mains, l'attira vers elle. Ses cheveux blonds, très fins, sentaient la paille. Il les effleura de son visage. Elle lui empoigna alors la tête qu'elle cala entre ses seins.

Jean-François, qui n'en revenait pas de cette chance soudain offerte, oubliait la castration du maïs, le notateur, Patrick et tout le train de l'équipage. Il cherchait, de ses deux mains, à déboutonner le jean, n'y voyant rien puisque Karine lui plaquait toujours le visage contre sa poitrine. Il trouvait qu'elle ne sentait pas très bon, avec toute cette sueur qui lui dégoulinait dans le cou. Mais les odeurs, il en respirait de pires.

Il avait enfin réussi à déboutonner le jean, quand il se sentit agrippé par son col de chemise.

Patrick s'inquiétant de son absence un peu trop prolongée le remettait debout, goguenard :

— C'est contagieux, dis-moi. C'est toi qui t'évanouis, maintenant. Allez, vous deux, au boulot. Vous attendrez la nuit pour la bagatelle.

Quand ils potassaient en classe de sixième, Grégoire et Patrick savaient qu'ils seraient agriculteurs et rien d'autre. Fils de paysans, ayant poursuivi des études jusqu'à dix-huit ans, il leur répugnait de voir l'agriculture assistée par l'Etat. Ce qu'ils voulaient, c'était adapter l'agriculture à la modernité.

Adaptation plus facile pour le céréalier que pour l'éleveur. Patrick ressemblait en réalité à un industriel travaillant en plein air. Même s'il n'employait du personnel à plein temps que d'une manière ponctuelle, il n'en apparaissait pas moins comme un chef d'entreprise. Dans les écoles d'agriculture, la première matière enseignée n'était pas le plantage des choux, ce qu'ils savaient faire de naissance (ce qu'ils ne faisaient plus), mais la communication. Sortir le paysan de son isolement, de son dialecte, en un mot de sa culture, devenait le premier impératif des technocrates.

On leur apprenait d'abord à communiquer pour qu'ils puissent s'exprimer dans les syndicats, dans les colloques, dans les meetings. Si bien qu'ils parlaient le langage de la télévision et des hommes politiques. Grégoire, plus traditionnel avec ses vaches et son lait, et qui conservait une pointe d'accent local, se moquait des tournures conventionnelles du langage de Patrick :

— Ah ! que tu m'agaces avec tes : « Vous n'êtes pas sans savoir... Ce qu'il faut savoir... » Tu ne vois pas qu'en brandissant ce « savoir » tu camoufles ta pensée à la manière des politiciens. Ils proclament le mot « savoir » pour entortiller leur interlocuteur, pour que justement on ne sache rien.

Vexé, Patrick répliquait :

— Et toi, tu ne dis pas que tu élèves du bétail, mais que tu *fais* de la viande. Charcutier, va !

En réalité, ni Patrick ni Grégoire ne prenaient conscience de la manière dont, à l'école d'agriculture, on avait orienté à la fois leur vie et leur langage.

Chez Grégoire, et à son insu, la finalité industrielle prenait en effet le pas sur les rapports traditionnels de l'homme et de l'animal. Pourtant, Grégoire identifiait toutes ses vaches en leur donnant un nom. Il les distinguait dès qu'elles pointaient leurs oreilles en sortant de l'étable. C'était toujours les mêmes qui prenaient le devant du troupeau. Il leur reconnaissait une personnalité et des manies de grand-mère. Pourtant, les pauvres, aucune ne devenait grand-mère. Il aimait ses bêtes mais refusait de s'y attacher. Production oblige. Au bout de cinq ans, l'abattoir.

Parfois, il pensait au vieux valet, envoyé lui aussi à l'abattoir. Il n'allait jamais le voir, payait régulièrement sa pension. Lorsqu'on lui annonça sa mort, Grégoire fut soulagé, moins de ne plus devoir payer la maison de retraite que de ne plus être poursuivi par le remords de l'y avoir envoyé.

3

Antoine s'obstinait à conduire ses moutons vers des pâtures de moins en moins disponibles. Dernier berger itinérant dans le bocage, il ne se faisait plus d'illusions. Les vachers, les chevriers, les gardeuses d'oies n'existaient plus. Partout, le règne du végétal reléguait l'animal qui disparaissait dans des enclos, des bâtiments fermés. Les bovins, en « stabulation libre » (quel vocabulaire ! mais c'est celui qui, dans les campagnes, remplace le patois), ne sortaient plus des étables, qui n'étaient d'ailleurs plus des étables, mais des sortes de poulaillers à vaches. Ce que l'on appelait un exploitant hors-sol (les poulaillers industriels) gagnait six fois plus qu'un berger. Les toisons, hier encore richesse du troupeau, payaient juste le travail des tondeurs.

Il faut bien dire qu'une vieille antipathie du cultivateur pour le berger accentuait le déclin de ce dernier. Détestation du sédentaire pour le nomade, du prisonnier de ses propres enclos pour l'homme libre de toute attache.

Un événement inattendu devait néanmoins pousser les agriculteurs à basculer du côté du berger et à prendre sa défense avec toute la vigueur dont ils savaient être capables lorsqu'il s'agissait de contester les lois.

Antoine avait innocemment fait traverser la sous-préfecture par son troupeau aussi discipliné qu'une compagnie d'infanterie. Il allait de l'autre côté de la ville où des champs se trouvaient en friche. La descente de la rue principale créa une sympathique animation. On accourait de partout voir les moutons. Les mères amenaient leurs enfants qui battaient des mains. On voulait toucher la laine. Les béliers qui ouvraient la marche, avec leurs cornes cannelées en spirale, les brebis aux lourdes mamelles, les agneaux au bêlement si triste, tout cet ondulement de fourrures frisées dans la sinistre rue droite, d'habitude si monotone, créait une beauté insolite, impétueuse, une beauté champêtre, anachronique et chaleureuse. Le chien, sur les flancs du troupeau, obéissait à la voix et au sifflet, faisait le service d'ordre, se contentant de pincer les moutons récalcitrants au jarret, sans les mordre. Antoine fut complimenté par les badauds tout le long de son parcours.

Quelques jours plus tard, il recevait la visite des gendarmes. Le maire de la sous-préfecture lui intentait un procès pour entrave à la circulation publique.

Grégoire prit aussitôt feu et flamme pour son frère. Il rameuta ses collègues, comme pour l'installation illégale de Jean-François.

— Si on laisse ça passer, leur disait-il, la prochaine fois ce seront nos tracteurs qui n'auront plus le droit d'entrer en ville.

Patrick eut beau lui objecter :

— Tu n'es pas sans savoir que la circulation des tracteurs est déjà interdite en ville.

Il ne voulut rien entendre. Ce calme, ce placide Grégoire, impossible de l'arrêter lorsque l'indignation le gagnait.

Le jour du procès ils furent tous là, accompagnant Antoine au tribunal. Très sages dans le prétoire, et ayant l'air de regarder un film à la télévision, ils ne se réveillèrent de leur aimable torpeur que lorsqu'ils entendirent le président condamner Antoine à une forte amende.

Mais ce n'est qu'une fois dans la rue qu'ils se déchaînèrent, mettant le feu aux pneus qu'ils avaient apportés dans leurs camionnettes. Puis ils poussèrent une citerne dans le jardin de l'hôtel de ville et arrosèrent de purin l'escalier d'honneur de la salle des mariages.

Il y eut quelques heurts avec les gendarmes qui passaient imprudemment par là, et qui ne demandaient qu'à rejoindre leur caserne. Leur retraite précipitée donna aux agriculteurs l'impression d'une victoire. On décapsula quelques bouteilles de bière. On insulta copieusement le maire, qui ne se montra pas. Et c'est alors que Jean-François, qui était bien sûr de la partie, vit Karine sortir d'un salon de coiffure. Il se précipita, bien décidé à ne pas encore la laisser s'échapper. Elle le reconnut :

— Alors, comme ça, vous êtes venus castrer le maire !

— Le salaud ! Si on savait où il se planque...

— Dis-moi, il n'a pas un petit boulot qui me conviendrait, ton patron-copain ?

— Tu sais faire quoi ?

— Coiffeuse. Mais j'ai beau m'adresser à toutes les boîtes de la région, rien. La mouise !

— Tu habites en ville ?

— C'est quand même mieux pour une coiffeuse, non !

— A part de couper les cheveux au maïs, je ne vois pas ce qui pourrait t'aller.

Jean-François regardait Karine, si blonde, aux yeux noisette, des yeux malins comme aurait dit sa mère. Il pensa : « Elle n'a pas les yeux dans sa poche. »

Puisqu'elle faisait le tour des salons de coiffure, en quête d'emploi, elle s'était vêtue coquettement, mais sobrement. Une simple robe de coton à grosses fleurs bleues. Jean-François regrettait la jupette. Le décolleté de la jeune femme, qui lui découvrait généreusement les seins, lui rappela comment elle l'avait retenu contre sa poitrine. Il eut envie de s'y précipiter, de la serrer dans ses bras. Sans doute le devinait-elle, car elle souriait avec une certaine ironie.

Les tracteurs avaient déjà quitté la manifestation. Il ne restait plus, tout près de la mairie, que quelques autos et camionnettes, moteurs allumés. On appela Jean-François.

— Décidément, dit-il à Karine, à chaque fois...

— A chaque fois quoi ?

— Faut que je rejoigne les autres. Je n'ai pas d'auto, moi, je dépends d'eux. Mais je reviendrai te voir. Quand veux-tu ?

— Et tu quitteras ta cambrousse comment, puisque tu n'as pas de bagnole ?

— Avec ma bécane, tiens. Même qu'il y a une place pour toi à l'arrière.

Les voitures évacuaient la place de la mairie. Grégoire amena la sienne tout près de Jean-François, en klaxonnant.

— Alors dis, quand ? demanda précipitamment Jean-François.

— Tu peux m'amener à la mer, avec ta bécane ?

— Tant que tu veux.

— Viens dimanche matin. Devant la boutique du coiffeur, là. C'est plus simple.

Ni Grégoire, ni Patrick, ni aucun de leurs collègues ne s'en aperçurent. Il leur fallut au moins un an pour réaliser que le bourg se transformait radicalement. Il y avait toujours le même nombre de maisons, de fermes, de hangars, mais peu à peu les habitants s'en étaient allés. Les uns après les autres, sans bruit. Seuls, les plus vieux restaient, mais enterrés au cimetière. Les moins vieux avaient cédé leurs terres et, sur le pas de la porte de leur ferme abandonnée, ils s'asseyaient sur de vieilles chaises paillées et regardaient passer le temps. Pour les plus jeunes fermiers du bourg et des environs cette démission des anciens fut reçue comme une aubaine. Ils se partagèrent les hectares disponibles. Que les fils et les filles des cultivateurs qui prenaient leur retraite, ou leur préretraite, désertent la terre, qu'ils décampent ne les inquiéta pas, bien au contraire. Ils bénéficiaient de cet abandon. Ils prospéraient sur les dépouilles des vaincus.

Il faut bien dire que cet endormissement du bourg se fit peu à peu et que l'on s'habitua à voir tour à tour disparaître le bourrelier, le sabotier, le forgeron. Lorsque Grégoire devint fermier, le garde champêtre annonçait encore les nouvelles en battant du tambour. Cinq ans plus tard, ce dernier rangea son tambour et se servit d'une cloche pour appeler les villageois. Qu'il n'y eût plus ensuite de garde champêtre, ni de tambour, ni de cloche et que les informations soient seulement affichées à la mairie, nul ne s'en formalisa. Lorsque le curé verrouilla la lourde porte de l'église, jadis toujours ouverte, qu'il emporta la clef dans sa poche, que les cloches ne sonnèrent plus les messes le dimanche matin, on commença à se poser des questions. Le curé s'en allait parce qu'il n'y avait plus de vicaires, que les prêtres désertaient (eux aussi) les presbytères, et qu'il devait désormais desservir une dizaine de villages. Il ne pourrait donc célébrer la messe dans son ancienne église qu'un dimanche tous les deux mois. On s'y habitua. Par contre, lorsque la pénurie d'enfants imposa la fermeture de l'école, ce fut la stupéfaction. Cette mesure frappait directement le ménage de Grégoire puisque Nathalie fut nommée dans un bourg assez lointain, qui n'avait pas encore dépéri. Ne se trouvant plus à proximité de la ferme de son mari, il lui était moins facile d'en assumer la gestion. Un car de ramassage scolaire fit le tour des fermes, à l'exception des trop éloignées de la route départementale, comme c'était le cas de l'entreprise de Patrick. Les enfants devaient être amenés aux lieux de stationnement du car. Tout cela perturbait les habitudes. Et l'on s'aperçut enfin que le bourg s'était en quelque sorte éteint, devenu simplement une agglomération de quelques gros agriculteurs et de petits retraités.

Car insidieusement, au cours des dix années où Grégoire, Patrick et quelques autres arrondirent leurs exploitations, les modernisèrent à outrance, doublant, triplant leur production, les commerçants du village, eux, virent leurs recettes fondre. Ils s'en allèrent aussi, on ne sait où. D'abord le boucher, puis le boulanger. Ne resta que l'épicier qui réussit à survivre en faisant des tournées avec un gros camion transformé en magasin ambulant.

Ce déclin du bourg finit par préoccuper Grégoire et Patrick. Ils se demandaient s'ils ne devaient pas s'en alerter. N'était-ce pas un signe, un avertissement du destin. Mais quel signe, quel avertissement ?

Un jour, dans le journal local, un gros titre les alarma : « Il meurt une ferme par jour dans le département. » Une ferme par jour... Trente fermes tous les mois disparaissent... En même temps que l'image de toutes ces terres rendues disponibles pour les survivantes leur chatouillait agréablement le cerveau, un autre titre les déconcerta : « En l'an 2000 le nombre d'agriculteurs aura diminué de moitié. » L'an 2000, c'était dans vingt ans. Ils approcheraient à leur tour de l'âge de la retraite. Mais iraient-ils jusque-là ? Ne tomberaient-ils pas en route ? Et que deviendraient-ils alors ? Faire quoi ? où ? Ils avaient acquis un savoir agricole, une pratique tout à fait exemplaire répondant aux normes définies à Bruxelles et à Paris. Et voilà que, tout à coup, cette faillite du bourg, ce trop grand nombre de paysans vaincus, les démoralisait.

— Ne crois-tu pas, disait Grégoire, qu'on nous

mène en bateau ? Le gouvernement nous assure qu'il faut réduire le nombre des paysans parce que nous vivrons mieux quand nous serons moins nombreux. Mais n'est-ce pas le gouvernement qui calcule que, lui, vivra mieux quand nous serons dégonflés, qu'il vivra plus rassuré, moins emmerdé par nos revendications ? C'est plus facile d'acheter le calme du million de travailleurs que nous sommes aujourd'hui que d'en satisfaire quatre millions, comme il y a vingt ans. Le jour où nous ne serons que quelques centaines de mille, on nous coincera. Nous n'offrirons plus une force électorale. Ils feront de nous ce qu'ils voudront.

— Tu n'es pas sans savoir, opinait Patrick, que les firmes agroalimentaires de dimension internationale nous apparentent au tiers-monde. Elles comptent bien que nous agencerons à leur profit des poulaillers, des étables à veaux et des porcheries, en nous contentant de clopinettes.

Ils prirent désormais l'habitude de se réunir certains soirs, avec une dizaine de voisins, et de discuter de la politique agricole. Tout allait bien pour eux, trop bien, s'ils comparaient leur condition à celle de beaucoup d'autres, et ce trop bien ne les rassurait pas. Il y avait quelque chose de louche, là-dessous. Ils se sentaient poussés par la banque, les conseillers du ministère, les agronomes, les eurocrates, tous gens d'ailleurs, tous gens qui n'avaient d'attaches avec la terre que celles de leurs calculatrices, de leurs statistiques, de leurs barèmes.

Patrick ressortait souvent cette comparaison avec le tiers-monde, qui l'avait frappé. Il précisait :

— Cargill, qui contrôle les deux tiers des exportations américaines de soja, a réussi à rendre son produit indispensable dans tous les élevages français.

— Belle réussite de politique bananière, répondait Grégoire. De là à s'avouer vaincu, il y a de la marge. On est encore assez jeunes pour se battre. Ils ne nous auront pas, les salauds !

Grégoire et Patrick n'avaient pas la fièvre syndicale. Plutôt partisans de l'action directe, comme ils l'avaient montré lors de l'installation de Jean-François et de la protestation contre la condamnation d'Antoine, le syndicalisme, avec sa paperasse, sa réunionnite, leur paraissait trop lourd et un peu vieillot. Toutefois, parmi les fermiers qui se réunissaient avec eux, certains appartenaient à la FNSEA, d'autres au CNJA, ce Centre national des jeunes agriculteurs, plus combatif. Par leur militantisme, ils cernaient mieux les problèmes.

Le plus lucide était sans doute un fermier d'une quarantaine d'années qui s'acharnait à continuer la polyculture, et qui avait fait ses classes dans la JAC, la Jeunesse agricole catholique, comme nombre de militants parmi les plus actifs et les plus passionnés. Il ne payait pas de mine, toujours vêtu d'un jean et d'un blouson, la tignasse grise mal coiffée, mais dès qu'il parlait il attirait toute l'attention. Ses propos étaient souvent péremptoires, comme lorsqu'il affirmait :

— Vous vous trompez, les hommes politiques ne méprisent pas le monde rural. Simplement, ils n'y connaissent rien.

Et il ajoutait :

— Seuls les ministres de l'Agriculture feignent de croire qu'il existe une politique agricole cohérente. Les mesures sont toujours ponctuelles. A long terme, ce sera l'abandon.

Il s'appelait Albert F. Albert F. était marié à une ancienne ouvrière du textile, également militante syndicale, qui avait suivi un chemin inverse de la plupart des filles de la campagne. Citadine devenue fermière, elle épaulait son mari avec beaucoup d'enthousiasme. Leur ferme était petite, de structure traditionnelle. Les vaches allaient aux champs, les porcs se goinfraient de pommes de terre bouillies, avec du son, dans des auges de pierre, les poules picoraient dans la cour. Leur production d'œufs frais et de poulets était presque entièrement absorbée par les agriculteurs industrialisés du voisinage qui se gardaient bien de manger la résultante de leurs poulaillers. Albert F. n'utilisait qu'un vieux tracteur, qu'il réparait continuellement et dont tout le voisinage se moquait. Un McCornick rouge, de douze chevaux, avec deux petites roues à l'avant, deux grosses roues à l'arrière et un siège métallique en forme de panier. A côté du moteur, sorte d'insecte poussif du genre hanneton, il asseyait son chien sur une petite plate-forme en bois. Et ils allaient tous les deux, aussi rigolards l'un que l'autre.

Pour le gros matériel, Albert F. avait réussi à convaincre les quelques moyens cultivateurs du pays de former avec lui une CUMA, c'est-à-dire une Coopérative d'utilisation du matériel agricole. Comme tout le monde réclamait les mêmes machines au même moment (on ne commandait pas aux saisons, ni à la température) ce système coopératif demeurait empirique, mais il présentait l'avantage de maintenir une solidarité paysanne partout ailleurs oubliée.

Albert F. et sa femme travaillaient beaucoup, trouvaient également le temps d'assister aux réunions syndicales et politiques, lisaient énormément et, dans la bonne humeur, dans une évidente joie de vivre, avaient engendré cinq enfants. Autre anomalie parmi ces ménages d'agriculteurs peu prolifiques. Deux enfants, parfois trois... cinq cela relevait de l'extravagance. On se moquait du lapinisme d'Albert F., comme on se gaussait de son tracteur, mais gentiment, car bizarrement, aussi différent qu'il était de ses voisins, on l'aimait bien.

Lui et sa femme faisaient plaisir à voir. Ils s'habillaient n'importe comment, chaussés de vieilles bottes boueuses, un peu clodos, toujours prêts à renseigner les collègues sur les nouvelles mesures prises à Bruxelles ou à la sous-préfecture. On venait les trouver dès que l'on avait un doute, dès que l'on s'interrogeait sur une décision à prendre. Ils remplaçaient, bénévolement, à la fois le curé et l'instituteur.

Dans cette appréhension qui troublait les agriculteurs les plus performants, Albert F. était très sollicité. A ceux qui lui disaient que jamais aucun régime n'avait aidé l'agriculture comme la Cinquième République des années Pompidou, que le Parlement consacra alors deux fois plus de temps à l'agriculture qu'à l'enseignement, trois fois plus qu'à la Défense nationale, Albert F. répondait avec humour :

— Ils ont été malins. Ils ont donné de l'argent aux riches et des discours aux pauvres.

Et il ajoutait avec gravité :

— La droite ne s'est préoccupée de conserver les structures agraires que parce qu'elles garantissaient l'ordre social. Tout ce que l'Etat accordait aux paysans était moins destiné à favoriser leur existence qu'à maintenir la prépondérance de la société capitaliste. D'où une sur-représentation parlementaire des ruraux, surtout au Sénat. Ce qu'ils voulaient maintenir, ces messieurs, c'est le vote paysan en leur faveur. Et ils l'avaient.

— Nous avons cru, dit Patrick, que le Marché commun ouvrirait de vastes débouchés aux produits agricoles français. Tout est venu de là.

— La finalité du Marché commun n'est pas agricole, elle se conforme aux exigences du capitalisme mondial.

— Oh ! toi, dit Grégoire, tu as toujours ce mot de capitalisme à la bouche. Ne crois-tu pas que ça devient un peu ringard ?

— A partir de 1960, le gouvernement a engagé une politique destinée à accélérer l'intégration de l'agriculture dans le système capitaliste français. Pour cela il lui fallait détruire la petite agriculture et empêcher la très grosse de bouffer la moyenne.

— Que racontes-tu là ?

— Moi je suis un petit qui survit. Vous, vous aspirez à devenir des gros, mais vous n'êtes que des moyens. Vous utilisez dans les meilleures conditions le maximum de produits industriels. Plus vous produisez, plus les fabricants de tracteurs, d'engrais, de pesticides, accumulent des bénéfices. Donc, vous restez les chouchous du capitalisme. Une multitude de petites fermes ou un nombre réduit de grosses entreprises n'offriraient pas à l'industrie un marché aussi juteux que celui que vous lui assurez.

— Alors, tout va bien, dit Patrick. Il faut continuer notre métier d'hommes libres.

Albert F. s'esclaffa :

— Le paysan, dernier travailleur libre ! Le beau slogan. Et vous y croyez ? Mes pauvres gars, vous n'êtes que des manœuvres sans garantie de salaire. Ni de garantie de revenu. Même si vous ne gagnez rien, vous devez travailler pour rembourser vos emprunts.

— On est nos maîtres, bougonna Grégoire.

— Maîtres de quoi ? Vous ne choisissez ni la race des bêtes que vous élevez, ni leur bectance que l'on vous fournit. On vous envoie l'alimentation en fonction de l'impératif de l'usine, que vous devez payer sans savoir quelle immondice on vous impose. De temps en temps, la firme vous gratifie d'un prétendu technicien pour vous indiquer comment travailler, en réalité pour surveiller si vous observez bien les plans des multinationales. Les porcs, les veaux, les poulets que vous engraissez, on vous les rémunère au cours du marché. Et comme ce sont les mêmes firmes qui maîtrisent les abattoirs, elles ont toute latitude pour l'effondrement des cours, histoire de vous apeurer et de vous tenir mieux en laisse.

Un silence gêné suivit la péroraison d'Albert F. Chacun savait qu'il avait raison. Il avait d'ailleurs toujours raison. A la fin, il agaçait. Mais comment se passer de sa désagréable lucidité ?

S'adressant à Grégoire, il reprit, avec une pointe d'énervement :

— Tu es le premier à t'apercevoir que les firmes capitalistes contrôlent le secteur de la transformation et de la vente des productions animales. Elles te tiennent par la peau du cou. Elles t'étrangleront lorsqu'elles en auront envie.

— Que veux-tu que je foute, protesta Grégoire. Je suis endetté jusqu'au trognon. Si nous n'avions pas le salaire de Nathalie, nous ne nous en sortirions pas. Et tu sais combien d'heures je travaille, même la nuit...

— Depuis 1960, l'endettement des paysans est passé de neuf à soixante milliards. C'est la faillite au bout du chemin, les gars. Il faut réagir vite et frapper un grand coup. Leur faire peur.

— On est toujours d'accord pour manifester.

— Oui, mais vous n'effrayez personne. On lessive le purin dont vous avez arrosé les murs de la sous-préfecture, et il n'en reste aucune trace. Mon pote, Antoine le berger, devra malgré tout payer son amende. Non, mes copains, frappons l'hydre à la tête. Montons à Paris et déclenchons un foin à tout casser. Epouvantons-les un bon coup !

— A Paris ? Faudrait être des mille et des cents. Sinon, on aura l'air de cons.

— Eh bien ! ça se prépare. Pour une fois, la FNSEA est d'accord avec nous. Cent mille tracteurs dans les rues de la capitale, ça ne s'est jamais vu. Nous lancerons une manifestation de masse, comme savaient le faire les ouvriers. Un Mai 68 des paysans, ça ne serait pas du folklore !

— Tu nous racontes des fariboles ou tu y crois ?

— J'y crois. Le mouvement démarre. Reste à le mettre au point.

— Bon, j'en suis, dit Grégoire.

— Bon, j'en suis, dit Patrick.

Les autres approuvèrent. On se quitta avec un peu d'espoir, et beaucoup d'inquiétude.

Jean-François n'assistait pas à ces réunions, tantôt chez Grégoire, tantôt chez Patrick. On oubliait de l'en informer, son exploitation étant vraiment trop minable pour que l'on songe à l'associer à des discussions sur l'avenir de l'agriculture. Même Albert F. considérait que le pauvre Jean-François s'apparentait à ces traînards que les armées en déroute se résignent à abandonner en chemin. Toutefois, comme Patrick, comme Grégoire, il avait la charité de l'aider encore à marcher.

D'ailleurs, Jean-François n'éprouvait aucune envie de passer des soirées à écouter des propos qui ne le concernaient pas. Il se souciait plutôt de ce dimanche où il devait emmener Karine au bord de la mer, ce dimanche qui n'en finissait pas d'arriver. N'aurait-elle pas oublié ? N'aurait-elle pas changé d'avis ? Et son antique moto tiendrait-elle le coup pendant une si longue route ?

Lorsqu'il retrouva Karine devant la boutique du coiffeur, il en fut presque surpris. Il s'était tellement habitué à l'idée qu'elle ne viendrait pas. Il voulut l'embrasser, un simple bisou sur la joue, mais elle eut un mouvement de recul.

— Tu sens l'écurie.

— Je n'ai pas d'écurie.

— Alors tu dois traîner cette odeur depuis la nuit des temps.

— Tu sais, quand je t'ai ramassée dans le champ de maïs, tu ne sentais pas la rose.

Elle fit une moue amusée, enjamba la motocyclette et se cala sur le tan-sad de caoutchouc.

Une heure plus tard, ils arrivaient sur le remblai qui dominait la plage. Karine, en maillot sous sa robe, fut vite dévêtue et s'élança en courant vers les vagues. Le temps d'enlever son pantalon et son blouson, d'ajuster son slip et Jean-François la rejoignait. Enfin ne la rejoignait pas très loin car il ne savait pas nager et, de plus, avait horreur de l'eau. Mais que n'aurait-il pas fait pour s'attirer les bonnes grâces de Karine !

Elle l'appela, en s'éclaboussant :

— Qu'est-ce que tu branles, tu ne viens pas ?

— Où veux-tu que j'apprenne à nager, moi, dans mon bled ?

— Ah ! tu n'es pas drôle !

Elle fila, chevauchant les vagues. Ses cheveux blonds traçaient un demi-cercle d'or sur le bleu de la mer. Jean-François s'assit sur le sable, déconcerté.

Lorsque Karine sortit des vagues, ruisselante de gouttes irisées, il la vit comme nue et se félicita de sa bonne fortune : « Elle est drôlement bien roulée. »

Le problème était de ne pas laisser filer sa chance. Car Karine montrait une propension à prendre le large, comme tous les soirs au temps du maïs, comme tout à l'heure en nageant vers l'horizon. Pour l'instant, elle restait immobile sur le sable, se séchant au soleil. Il se dit qu'il devrait profiter de cette immobilité, engagea des travaux d'approche, la chatouillant avec une herbe, lui caressant les cheveux, laissant glisser son index le long de ses cuisses.

Elle ouvrit les yeux, le regarda avec un certain étonnement :

— Où veux-tu en venir ?

— Tu le sais bien.

— Bon, alors allons-nous-en dans les dunes.

Il ne croyait pas qu'elle aurait été si vite d'accord. Si bien qu'il en fut tout décontenancé et que, dans les dunes, il se montra malhabile et trop pressé.

Comme il renfilait son pantalon, Karine, toujours étendue sur le sable, lui jeta :

— C'est tout ! Ah ! dis-donc, tu fais ça avec un lance-pierres.

— La prochaine fois, ce sera mieux.

— Parce que tu crois qu'il y aura une autre fois.

Jean-François ne répondit rien, dépité. Ils retrouvèrent la moto sur le remblai. Jean-François poussa sa machine à fond, essayant de rattraper sa maladresse en épatant sa compagne par un excès de vitesse que la vieille pétrolette était bien incapable de produire. Si bien qu'elle tomba en panne.

Karine, d'abord de mauvaise humeur, se mit à rire :

— Ah, dis donc, toi et ta moto vous faites la paire ! Vous vous y connaissez en pannes !

Elle riait, riait, cependant que Jean-François, les mains pleines de cambouis, réparait sa machine. Avec tous les tacots récupérés pour sa ferme, la mécanique lui devenait familière. La dextérité qu'il mit à démonter les pièces de son antédiluvienne motoconfort de 125 cm^3, à la couleur jaune flétrie, sa précision à les examiner, à les rafistoler, finit par étonner Karine :

— T'es pas si manchot que ça, quand tu veux.

La pétrolette reprit sa route, d'une allure qui lui convenait mieux. Rassuré par le dernier propos de Karine, Jean-François se disait que tout n'était pas perdu.

La déception, l'inquiétude, l'exaspération suscitaient des manifestations paysannes de plus en plus nombreuses dans tous les départements, et de plus en plus violentes. Bruxelles ayant accordé à Buenos Aires la faculté d'exporter massivement de la viande en Europe afin de favoriser les industries argentines, dix mille éleveurs de Bretagne et des Pays de la Loire envahirent les villes de l'Ouest, se bagarrant dur avec les CRS.

A chaque affrontement, on comptait les blessés, comme si ces chiffres authentifiaient la validité des luttes. Quatre-vingts blessés à Rennes, deux cent soixante-dix blessés à Caen, au Mans, à Parthenay, parmi les sept mille paysans qui affrontaient les forces de l'ordre. On comptait aussi les voitures brûlées. Les voitures, victimes expiatoires, ces voitures des citadins, immobiles le long des trottoirs, que les tracteurs emboutissaient avant d'y mettre le feu. Car, qu'on ne s'y trompe pas, il s'agissait bien d'une nouvelle jacquerie, d'un assaut encore confus, éparpillé, irrationnel, de la campagne contre la ville. Pour dénoncer les importations abusives, certains occupaient les abattoirs et les entreprises de salaison. D'autres improvisaient des barrages routiers et vérifiaient le contenu de tous les camions réfrigérants. D'autres enfin, et parmi lesquels se retrouvait toujours Albert F., à la suite de contrôles volants de camions de viande importée, s'emparaient de la marchandise et la distribuaient aux ouvriers, à la sortie des usines. Il y avait en effet, parmi les plus gauchistes des militants syndicaux, l'utopie d'entraîner les ouvriers avec eux, dans un même combat. Paysans et ouvriers unis, contre le capitalisme, contre les multinationales, contre les technocrates de tout acabit.

Ils arrivèrent à susciter des manifestations communes, comme celle de Saint-Nazaire où les paysans de Loire-Atlantique et les ouvriers des chantiers navals défilèrent ensemble, derrière deux tracteurs.

Ces deux tracteurs avaient été le signe, pour

Albert F., que l'union paysans-ouvriers n'était pas pour demain. Deux tracteurs... Chiffre dérisoire... Car le tracteur, qui avait été le symbole de la mutation paysanne par son industrialisation, devenait le symbole de sa révolte. Le tracteur remplaçait la faux du chouan. Le paysan, industrialisé par le capitalisme, retournait contre le capitalisme l'outil de l'industrialisation. L'outil productif devenait outil offensif. Avec leurs tracteurs, les paysans montaient casser les villes qui cassaient leur métier.

En février 1982, Grégoire et Patrick furent donc entraînés par Albert F. dans ce qu'ils appelèrent l'investissement de Paris. Jamais ne s'était produite, en effet, une offensive aussi colossale. De l'ensemble des provinces affluèrent des agriculteurs de toutes catégories professionnelles. Ils arrivaient en train, en autocars, en camions bâchés, en voitures particulières. Seuls les céréaliers de la Beauce et de la Brie pilotaient leurs tracteurs, ces indispensables et symboliques engins, trop lents à se déplacer de régions plus lointaines.

Des Pays de la Loire à l'Ile-de-France, le voyage s'était fait dans la bonne humeur. Grégoire, qui avait l'habitude de se lever en pleine nuit, passa prendre en voiture Patrick et tous les deux rejoignirent le car qui démarrait de la sous-préfecture dès trois heures.

On plaisantait dans les voitures, on chantait, on se racontait des histoires. A mi-chemin, du côté du Mans, on s'arrêta pour une pause pipi et une pause casse-croûte. Il y avait dans ce voyage une atmosphère de départ en vacances, ces vacances que la plupart d'entre eux n'avaient jamais connues. Et il est bien vrai que leurs manifestations violentes constituaient le seul moment de rupture dans leur vie réglée comme une horloge, le seul moment où ils se retrouvaient nombreux, comme jadis aux foires, le seul moment où ils avaient l'impression de se libérer de tous les poids qui les étouffaient dans leur quotidienneté.

Pendant plus d'un siècle, la vie ouvrière n'avait été rendue possible que par l'échappée des grèves, des défilés revendicatifs ou commémoratifs. Les paysans prenaient maintenant le relais, découvrant la jouissance de la contestation collective, de l'outil déposé, du coude à coude, des chants unanimes, de la lenteur patiente des défilés, de l'attente fébrile du heurt avec la police, de la clameur libératrice des affrontements, de la casse, du sang répandu.

Dans les cars qui roulaient vers Paris, Grégoire et Patrick s'échauffaient. Ils chantaient avec les autres, très fort, le plus fort possible, comme si ce chahut qui montait des véhicules était lancé déjà contre Paris, contre les ministères, contre les sièges des banques, contre l'Elysée.

Les camions et les cars venus de l'Ouest se rangèrent sur les boulevards de ceinture, du parc Montsouris à la place d'Italie. Mais ceux qui arrivaient du Centre, de l'Est, du Nord, du Sud occupèrent tout le reste des boulevards extérieurs. Si bien que Paris se trouva bientôt encerclé, bouclé comme dans une nasse. Et des autocars, des camions, des voitures bondées, sortait une foule qui se précipitait sur les bouches de métro, qui s'insinuait dans la capitale par ses boyaux souterrains, comme une horde de rats, et ressortait à l'air libre le plus près possible du cœur du monstre. Car pour eux, cette capitale d'où surgissaient toutes leurs contraintes, cette capitale qui les oppressait, qui les humiliait, était bien un monstre qu'ils rêvaient d'abattre.

Grégoire et Patrick devaient rejoindre Albert F. dans la cour de la gare d'Austerlitz pour distribuer aux banlieusards des brochures expliquant les motifs de leurs revendications. Mais dès sept heures du matin, les abords de la gare, déjà embouteillés, et la station de métro prise d'assaut par les manifestants cherchant à regagner leurs lieux de rendez-vous se trouvaient bouchés. Ils suivirent donc la file de ceux qui allaient à pied et qui connaissaient le chemin de la place de la Nation où se tenait le grand rassemblement.

D'énormes machines arrivaient de la Beauce auxquelles ils devaient laisser le passage, en s'agglutinant sur les trottoirs. Toute manifestation paysanne est devenue impensable sans la présence des outils de travail, ces outils géants qui ressemblent à des insectes de science-fiction, à des pieuvres, à des diplodocus, avec leurs crocs, leurs mâchoires, leurs longues mains griffues. Passaient aussi des tracteurs rapides, rutilant de leurs couleurs criardes. Patrick, si fier de son statut de céréalier moderne dans sa province, se découvrait ravalé au rang d'un petit paysan quelconque près de ces gros producteurs juchés sur leurs engins comme des conducteurs de poids lourds.

— Ne crois-tu pas qu'on est de la piétaille, ici, dit-il à Grégoire ; qu'on fait le jeu des Beaucerons. Regarde ces monstres !

— C'est l'envie qui te démange, railla Grégoire. Toi et tes machines...

— Quand même ! Tu ne te sens pas écrasé ?

Patrick avait l'habitude d'être considéré comme un agriculteur performant, le plus progressiste parmi ses collègues du canton. Chez lui, on le prenait pour un gros. Ici, il devenait un tout petit et en ressentait une sorte de trahison. Il en voulait un peu à Grégoire qu'il voyait plutôt content, et pas gêné du tout par cet étalage d'engins qui ne concernaient pas, il est vrai, sa manière de travailler.

Grégoire rejoignit d'autres producteurs de lait qui traînaient derrière eux, sur la chaussée, des bidons vides. Ces bidons faisaient tout un tintamarre, entrechoqués sur les pavés. Grégoire, à l'aise avec ces collègues qui lui ressemblaient, regrettait de ne pas avoir apporté de bidons. Bonne idée que ces récipients qui marquaient leur territoire, à eux, les producteurs de lait, et leur attiraient d'ailleurs la sympathie des Parisiens qui apparaissaient nombreux aux fenêtres des immeubles et sur les trottoirs, malgré l'heure matinale. On les applaudissait. On leur disait de continuer à produire du bon lait, de bons fromages, du bon beurre. Il y a longtemps qu'ils ne produisaient plus de beurre, ni de fromage, mais qu'importe, le cœur y était ! Réconfortés, presque compris, ils pavoisaient.

A un carrefour, ils rejoignirent des Savoyards dont les cloches à vaches tintaient, brandies à bout de bras.

Sur la place de la Nation, où convergeaient les délégations, des pancartes appelant chaque région à se regrouper surmontaient la foule. Un haut-parleur proclamait que neuf cent soixante-dix autocars, issus de quatre-vingt-quatre départements, venaient de débarquer cent mille manifestants. A cette annonce, un hurlement d'enthousiasme éclata comme un coup de canon.

Grégoire, qui avait perdu Patrick, n'avait que peu d'espoir de trouver Albert F. dans cette cohue. Ceux qui s'étaient vêtus des costumes régionaux se repéraient plus aisément. Les paysans de l'Aube portaient des vestes bleu foncé ; ceux du Gers des casquettes noir et jaune. Des Bretons avaient ressorti des coffres leurs chapeaux ronds à ruban. On reconnaissait les Basques à leurs bérets rouges. Mais ces allusions folkloriques, qui donnaient de la couleur et de la gaieté à la manifestation, restaient exceptionnelles. La plupart des jeunes agriculteurs étaient vêtus sobrement d'anoraks ou de parkas gris, les plus vieux de vestes en gros velours et de casquettes à carreaux.

Grégoire se sentit empoigné par le coude. Albert F. l'avait repéré, on ne sait comment. Difficile de trouver plus débrouillard que lui. Plus enthousiaste aussi. Il demanda où se trouvait Patrick. Grégoire avoua l'avoir perdu et que Patrick se montrait déçu de se voir si minable près des céréaliers de la Beauce.

— Toujours l'amalgame voulu par la FNSEA, dit Albert F. Elle veut faire croire que tous les paysans se ressemblent, qu'ils ont les mêmes intérêts. Je sais bien que nous sommes ici comme des épiciers de village que l'on aurait enrôlés pour défendre les supermarchés. Mais quoi faire d'autre ? Sans la FNSEA, pas de grande manifestation. Il faut montrer aujourd'hui notre force entière, épiciers et supermarchés réunis. Après, chacun défendra son bifteck.

Les délégations regroupées vers onze heures, après une matinée de piétinement, l'immense défilé se mit en marche derrière une trentaine de gros tracteurs. En tête, un agriculteur en costume rayé tenait en laisse un mouton vivant, le cou orné d'une grosse faveur verte.

— C'est Kiki, dit Albert F. Kiki le mouton participe à toutes les manifestations depuis sept ans. Dommage qu'Antoine n'ait pu venir. Tu sais, je l'aime bien, ton frère. C'est un bon gars. Mais pour s'obstiner à rester berger, dans un pays qui n'a plus de vaine pâture, faut être un peu givré, non ?

Les cris : « Cresson démission ! », ou bien : « Pas de cresson, de l'oseille ! », repris de groupe en groupe, se scandaient comme une complainte. On entendait aussi : « La soupe au cresson c'est bon, mais l'oseille c'est meilleur ! », « Edith use de ton charme pour convaincre nos partenaires de la CEE. »

— Quand même, dit Grégoire, pour la première fois qu'une femme devient ministre de l'Agriculture, c'est pas de pot. Elle récolte toutes les insultes. Comme si la politique de Pompidou et de Giscard, c'était sa faute !

— Sa faute c'est d'être une femme, dit Albert F. Les paysans se montrent toujours un peu misogynes. Tu vois, dans nos rangs, combien on compte de femmes ? Presque aucune. Ils les laissent garder la ferme.

— Toi aussi, ta femme garde ta ferme.

— Comment faire autrement ?

— Un jour ça changera. Regarde pour Patrick et moi, nos femmes travaillent à l'extérieur et nous restons à la maison.

— Mais c'est vous qui partez manifester.

— Tu verras, un jour il y aura des femmes agricultrices qui manifesteront.

— Ma femme est aussi militante que moi. Tu as

raison, la prochaine fois elle viendra à ma place. Si on disposait de quelqu'un pour nous aider, elle serait là.

Le défilé s'arrêta brusquement. On entendit des explosions. On s'interrogeait sur l'origine de la pétarade. Certains affirmaient qu'un barrage de CRS empêchait d'avancer. En réalité, le défilé s'était bien heurté à un cordon de CRS, et comme les paysans avaient fait aussitôt exploser des pétards à étourneaux et des fusées à chasser les corbeaux, les CRS obéissant à la consigne d'éviter tout incident se repliaient devant cette offensive.

Derrière le mouton Kiki, suivaient toutes les délégations régionales, avec leurs pancartes : « Pas d'aumône, mais la justice », « Deux francs le pain, vingt centimes le blé », « Non aux kolkhozes », « Paysans d'accord, moujiks jamais ».

Certaines déclenchaient la bonne humeur : « Attention, suis découragé, deviens enragé. »

— Ah ! regarde celle-ci, s'écria Albert F.

Un jeune paysan béarnais brandissait une banderole sur laquelle il avait inscrit en lettres roses : « Cherche femme avec tracteur 120 CV. et 300 hectares. »

Un remous dans le cortège les amena devant un éleveur breton qui brandissait un petit cochon mort, au bout d'une pique. L'objet du ralentissement venait de quelques vaches aux cornes décorées de fleurs en papier rouge que filmait une équipe de télévision. Elles obtenaient un grand succès auprès des Parisiens qui n'approuvaient ni ne désapprouvaient la manifestation, parfois goguenards, mais plutôt spectateurs amusés.

— Y a du monde dans l'bourg, ironisa Albert F.

Il est vrai que l'énorme cortège qui s'étalait sur sept kilomètres tenait à la fois du meeting syndical et du défilé du 14 Juillet. Des grappes de ballons multicolores lâchés dans le ciel donnaient au rassemblement un air bon enfant. Et cette musique de bal populaire diffusée par la sono des voitures accompagnatrices, ces crécelles, ces binious, ces accordéons évoquaient une immense et joyeuse kermesse.

Au contraire des interventions dans les villes de province, qui tournaient vite à l'émeute, ce déferlement de la province rurale sur la capitale, comme il n'y en avait jamais eu, et comme il n'y en aura plus, restait tout à fait pacifique. La plupart des manifestants, venus pour tout casser, ne cassaient rien. Leur trop grand nombre les paralysait. Peut-être aussi le service d'ordre de la FNSEA y était-il pour quelque chose. A chaque croisement, leurs militants s'excusaient par mégaphone auprès des automobilistes pour les perturbations apportées à la circulation.

Le seul incident sérieux arriva près de la place de la République, devant la Bourse du travail. Un ouvrier, à une fenêtre, ayant brandi un bras d'honneur en direction des manifestants, ceux-ci bombardèrent le bâtiment d'œufs pourris, de pierres, brisant quelques vitres.

Albert F. en fut bouleversé. C'était justement le seul lieu où il ne devait pas y avoir de conflit. La solidarité ouvriers-paysans, dont il avait été l'un des plus actifs théoriciens, volait en éclats avec ces carreaux cassés.

Boulevard Magenta, devant le siège du parti socialiste, les cris fusèrent : « Fainéants ! », « Pourris ! ».

Albert F. se sentit honteux. La gauche était déjà au pouvoir depuis neuf mois. Il murmura, à l'oreille de Grégoire :

— La gauche tuera la gauche.

Puis, reprenant sa vivacité d'esprit, il lança à la ronde, pour que tout le monde l'entende bien :

— Qu'il soit de gauche ou qu'il soit de droite, le pouvoir politique ne veut pas se confronter au pouvoir économique. Giscard et Mitterrand même combat. Ils en paieront les pots cassés.

— Tais-toi, crièrent plusieurs vieux paysans. C'est nous qui paierons les pots cassés, comme d'habitude.

Le service d'ordre de la FNSEA, de mèche avec la préfecture de police, évitait de très loin tous les lieux stratégiques où la colère des manifestants eût pu (eût dû) se déchaîner. L'Elysée, Matignon, la rue de Varenne, ils n'en verraient pas la couleur. On les tenait bien loin du lieu où ils pensaient naïvement qu'ils se déploieraient librement. On les poussait à bifurquer dans les quartiers populaires de l'est parisien et ils remontaient vers la banlieue ouvrière du Nord où un grand meeting devait s'ouvrir aux halles de Pantin. Faute d'ennemi à combattre, faute de contestation, le défilé devenait de plus en plus folklorique. On chantait des salsas, des biguines. Des marchands ambulants improvisés vendaient des sandwiches aux merguez. Certains paysans, fatigués, s'asseyaient dans les bistrots et y restaient à discuter en buvant des grogs pour se réchauffer. D'autres profitaient de passer devant des boutiques pour acheter des souvenirs qu'ils rapporteraient à leurs épouses. Peu habitués à marcher aussi longtemps depuis qu'ils nc travaillaient que motorisés, beaucoup avaient mal aux pieds et s'engouffraient dans les magasins de chaussures qui battirent leur record de vente ce jour-là.

A seize heures, neuf orateurs se succédèrent à la tribune dans la halle de Pantin. On les écouta peu, l'atmosphère étant à la kermesse. Seul François Guillaume, le président de la FNSEA, arriva à se faire entendre, mais il est vrai qu'avec la sono dont il disposait, il était difficile d'écouter autre chose que sa voix. François Guillaume accueillait chaque délégation en bonimenteur politique : « Les pieds dans l'eau, la tête dans les Cévennes, voici l'Hérault. »

Il saluait ainsi chaque département par une image pittoresque appropriée. Et chaque apostrophe du président Guillaume suscitait les applaudissements de la salle. Applaudissements qui redoublèrent lorsque son adjoint, Louis Lauga, s'écria : « Ce n'est pas parce que nous sommes à la Villette que nous nous laisserons abattre ! »

Autant, dans le défilé, les noms d'Edith Cresson et de François Mitterrand avaient été conspués, autant on acclamait celui de François Guillaume. C'était lui le grand vainqueur et, par là même, la victoire de l'organisation qu'il représentait, cette FNSEA récusant au gouvernement le droit de s'immiscer dans ses affaires intérieures et qui considérait ce meeting comme une réponse définitive à ceux qui contestaient sa représentativité unitaire.

Dans la mêlée, dans la cohue, Albert F. et Grégoire disparaissaient, minuscules, phagocytés, abrutis par le bruit et les mouvements inattendus de la foule.

— Une fois de plus on s'est fait baiser, dit Albert F. Mais, quand même, quelle belle journée !

4

Tous les dimanches, Jean-François poussait à fond le moteur de sa motocyclette et filait vers la sous-préfecture, vers Karine. Les jours de la semaine n'en finissaient pas. Toujours les mêmes tâches, si répétitives, la terre à gratter, les légumes à sarcler, ou à arracher, l'herbe à faucher pour les lapins, les piquets à planter pour y attacher les chèvres. Toujours les mêmes litanies de sa mère, son inquiétude du lendemain, sa panique lorsque surgissaient des factures. Il faut bien dire qu'ils n'y arrivaient pas, qu'ils n'arriveraient jamais à s'en sortir. Ils ne vivotaient, au jour le jour, que grâce à la sous-location des champs combinée à l'amiable par Grégoire.

— Ce n'est pas en me répétant que tout est foutu que tu vas me regonfler le moral, disait Jean-François. On tient, ce n'est déjà pas si mal. Papa, lui, n'a pas tenu.

La mère pleurnichait en allant jeter quelques grains aux poules.

Elle ignorait que son fils ne vivait plus que dans l'espoir des dimanches. Il s'accrochait à Karine comme à une bouée de sauvetage. Il en avait tant vu au bourg, et autour du bourg, de ces vieux paysans célibataires menant une vie de couple désenchantée avec leur mère veuve, ces faux couples conjugaux si nombreux désormais dans les campagnes, depuis que les filles refusaient d'être fermières, qu'il considérait sa rencontre avec Karine comme une chance à ne laisser dépérir à aucun prix.

Il savait bien que l'avenir dépendait de la manière dont Grégoire et Patrick avaient mené leur vie. Epouser une femme qui pratiquait son propre métier, qui ne soit pas une paysanne, lui paraissait le comble de la réussite. Mais comment la trouver ? Où ? Avec un salaire complémentaire, il s'en tirerait. S'en tirer et se tirer. Se tirer de ce trou perdu où il croupissait avec sa mère. Se tirer en ville, y obtenir un boulot quelconque. Il n'était pas fainéant, ni imbécile. Karine était maligne. Ils arriveraient bien, tous les deux, à quelque chose. En tout cas, ça ne pouvait être pire que ce qui l'attendait s'il ne sautait pas sur cette occasion.

Ils avaient rendez-vous toujours au même endroit, près de la bascule du champ de foire qui, depuis longtemps, ne pesait plus les charretées, mais qui subsistait comme une sorte de témoignage du passé semi-rural de la sous-préfecture.

A chaque fois qu'il déboulait à fond de train sur le champ de foire, Jean-François avait le cœur qui battait trop vite. Serait-elle là ? Encore là, cette fois-ci ? Et lorsqu'il apercevait la robe à fleurs ou le jean effrangé, le bonheur l'envahissait.

Pauvre Jean-François, à chaque fois douché. Elle l'embrassait sur la joue, du bout des lèvres, et encore parce qu'il espérait un baiser sur la bouche et qu'elle se dérobait. Il la serrait contre lui et il la sentait se raidir, se contracter. Mais il ne se posait pas trop de questions, puisqu'elle était là, puisqu'elle était venue, donc qu'elle l'aimait bien un peu.

Il rentrait de ces dimanches, tant attendus, tout écorché. Il eût préféré rester seul avec elle. Or elle ne pouvait se passer de la sono et des lumières éblouissantes des boîtes où l'on danse. Et là, elle lui échappait, se coulait d'un danseur à l'autre, coquette, un brin allumeuse. Puis lui revenait, avec des mines d'amoureuse.

Elle logeait dans une petite chambre mansardée, non loin du champ de foire. Il ne savait rien de sa famille, ni même si elle était du pays. Il ne lui voyait pas d'attaches dans cette ville où, inscrite à l'ANPE, elle attendait un emploi. Il n'osait pas trop la questionner car elle répondait par une pirouette. La petite chambre était pauvrement meublée, avec un lit de fer, étroit, un lavabo, une chaise en bois blanc, une commode aux tiroirs disjoints. Mais comparée à l'ameublement sordide de sa ferme, cette chambre paraissait à Jean-François d'une douillette modernité. Le lit, plus moelleux que les sables des dunes, le rendait plus gaillard. Karine restait néanmoins sur sa faim. Il voyait bien qu'il n'arrivait pas à la satisfaire. Il se disait qu'il n'avait pas encore la manière, que les filles de la ville en veulent toujours plus, plus de tout, et que cette avidité leur évitait de croupir dans la mouise ; que cette avidité, à laquelle il faudrait qu'il sache répondre, lui permettrait, à lui aussi, de s'arracher du limon.

Parfois, dans ces semaines si longues, si lentes, l'apparition toujours inattendue d'Antoine, avec son troupeau, apportait une heureuse diversion. Avec ses cheveux prématurément blancs et qu'il portait très longs, Antoine ressemblait beaucoup à son père, le Vieux Paul. Comme le Vieux Paul, il était calme et silencieux, très doux avec ses moutons et son chien.

La borderie se trouvait soudain cernée par le flot des brebis. Leurs bêlements, les aboiements du chien rompaient l'habituel silence. Jean-François et sa mère allaient à la rencontre d'Antoine, lui apportant de l'eau fraîche. Toujours vêtu d'un costume de toile bleue, comme en portent les mécaniciens, il serrait dans sa main un bâton sculpté au couteau, qu'il lançait parfois sur les bêtes qui s'écartaient. Une musette accrochée à son épaule contenait le pain et le fromage pour son déjeuner. Il la remplissait ensuite, au cours de ses tournées, de champignons et de plantes médicinales qu'il vendait ou qu'il donnait.

Jean-François s'étonnait toujours de ces rapports si étroits entre le berger et son troupeau qu'il semblait que l'un et l'autre constituaient un même corps. Antoine prévoyait le temps du lendemain en observant les pierres, la terre, les plantes, mais aussi en restant à l'écoute de ses moutons qui s'agitaient lorsque s'annonçait un orage.

Après s'être reposé un moment, sur le banc que Jean-François avait bricolé près de la porte d'entrée de la métairie, Antoine appelait son troupeau en s'adressant à la meneuse, la brebis apprivoisée qui répondait aussitôt à son cri et qu'il récompensait en lui tendant un morceau de pain. Le troupeau, égaillé, obéissant au bêlement de l'entraîneuse, se rassemblait de lui-même. Le berger et ses bêtes s'en allaient sans bruit, disparaissant derrière les haies, aussi fantomatiquement qu'ils étaient apparus, si bien que Jean-François et sa mère, rendus à leur mélancolie, se demandaient s'ils n'avaient pas été le jouet d'un mirage.

L'été, en l'absence d'Antoine, sa femme s'occupait de la borderie, guère plus grande que celle de Jean-François et, l'hiver, tous les deux s'affairaient à la bergerie, avec les litières toujours à renouveler, le fourrage à distribuer.

Antoine et sa femme s'étaient payé le luxe de mettre leur fils pensionnaire au collège de la sous-préfecture. Pourtant ils étaient pauvres, moins misérables que Jean-François et sa mère, bien sûr, mais tout de même, à côté de fermiers comme Grégoire et Patrick, ils passaient pour des gueux.

Il restait encore dans les campagnes quelques épaves de l'ancienne agriculture sinistrée, quelques épaves qui continuaient à flotter, à contre-courant. Antoine arrivait à se tirer d'affaire parce qu'il faisait tout lui-même, parce qu'ils faisaient tout eux-mêmes, sa femme et lui. Ils surveillaient les agnelages, aidaient les brebis à leur délivrance, les soignaient lorsqu'elles étaient malades, n'appelant le vétérinaire que pour les vaccins. Il reconnaissait la santé de ses moutons à l'état de leurs paupières, saignait à temps les bêtes mordues par les vipères, humectait de pommade camphrée les mamelles enflammées des brebis, enlevait délicatement avec une épingle la membrane opaque de l'œil du mouton atteint de cataracte. C'est lui-même qui procédait à la tonte. Enfin, outre ses récoltes de champignons ou de plantes médicinales, il trouvait des petits rapports occasionnels, comme la capture des renards dont il vendait les peaux.

Antoine ne se plaignait jamais. Il allait son bonhomme de chemin, s'écartant sans rien dire de ses habituels parcours lorsqu'un fermier lui refusait l'accès de ses terres. Il lui fallait, avec cette agriculture intensive, qui se répandait partout, marcher de plus en plus loin pour accéder à des friches. Après la coupe des blés, les chaumes ne lui offraient plus de pâture puisque aucune plante sauvage ne survivait aux désherbants. Les moutons devenaient de plus en plus des intrus.

Après l'industrie de la production de semences, Patrick découvrit l'aviculture, système qui permet de transformer les céréales en poulets.

Il était revenu de la grande manifestation parisienne désenchanté. L'arrogance des céréaliers de la Beauce et de la Brie lui avait fait perdre sa superbe. Il se rendait compte qu'il n'était qu'un producteur de grains bien médiocre à côté de ces seigneurs de la terre, et que s'il n'ajoutait pas à son exploitation céréalière une entreprise complémentaire, il serait vite acculé à la faillite.

Sa hardiesse, son optimisme, son courage ne le laissèrent pas longtemps abattu. Il voyait toujours plus grand, toujours plus moderne. Avec les prêts du Crédit agricole et quelques subventions, il se fit donc construire une usine à ponte et à viande blanche, comprenant plusieurs bâtiments à deux niveaux, de cent mètres de long, où quatre-vingt-dix mille volailles, pratiquement immobiles, travaillèrent sans interruption à la chaîne. N'ayant plus la notion du jour et de la nuit (les bâtiments, ceinturés de plaques de ciment, ne comportant pas de fenêtre et la lumière électrique n'étant jamais éteinte), trouvant sans cesse des grains à becqueter sur la mangeoire roulante qui glissait interminablement sous leur jabot, les volatiles robotisés chiaient une diarrhée d'œufs.

Pour ces poulaillers (car on avait l'impudence d'appeler poulaillers ces camps de concentration appliqués à l'élevage domestique), Patrick employait encore une main-d'œuvre volante, moins nombreuse que pour la castration du maïs, mais plus difficile à récupérer.

D'abord les livraisons aux grossistes s'opéraient la nuit, entre deux et sept heures, et personne n'aime travailler la nuit. D'autant plus que l'enlèvement et le chargement dans des camions de ces « bandes » de poulets à point pour l'abattoir prenait des allures clandestines. Non pas qu'il y eût rien d'illégal dans la manière dont procédait Patrick, mais les milliers de cris des volatiles jetés dans des cages trop exiguës balancées dans les camions et surtout l'odeur épouvantable de fiente et d'ammoniaque dégagée des poulaillers ouverts faisaient mauvais effet. Il valait mieux ne pas être vu, ni entendu. Grâce au travail nocturne lors des livraisons, les camps de la mort présentaient le jour un aspect tout à fait correct, propre, sans un bruit, comme si aucun être vivant ne vivotait à l'intérieur de ces immenses containers.

Huit personnes suffisaient pour la manutention pendant quatre ou cinq nuits de suite. Jean-François, là encore, trouvait un appoint à ses maigres revenus. Autant l'écimage du maïs, en plein air, l'été, prenait une allure conviviale, festive même, autant ce travail nocturne, dans les cris stridents des volailles qui paraissaient pressentir leur égorgement, dans le relent fécal des tonnes d'immondices, écœurait les plus endurcis. Patrick ne se procurait du personnel pour cette funèbre besogne qu'en lui offrant, en sus du salaire, d'abondants casse-croûte et du café à volonté.

Pendant la semaine de nettoyage des poulaillers, qui ne se répétait que tous les trois mois, c'était bien pis. Même Jean-François refusait cette corvée. Patrick n'arrivait à embaucher, et jamais pour longtemps, que des émigrés qui avaient eu le malheur de passer par là. Il fallait en effet enlever d'abord à la fourche le fumier, si nauséabond, et l'entreposer ; car rien en agriculture ne se perd et ce riche fumier permettait d'économiser des engrais. Puis il fallait gratter les chaînes de ponte, laver le tout au jet, pulvériser des désinfectants qui vous mordaient les narines, les lèvres et les yeux, épandre de la paille. Le malheureux qui acceptait inconsidérément ce travail ne tardait pas à vomir, maigrissait à vue d'œil, devenait blême, chancelant, comme un poulet malade. Il ne lui restait plus qu'à prendre la fuite avant qu'il ne soit trop tard.

Tous les trois mois, Patrick recommençait à chercher un nettoyeur, de plus en plus loin, en un lieu où les poulaillers géants étaient encore inconnus. Il devait lui offrir logement et nourriture, comme aux valets d'autrefois. Ils exigeaient aussi du vin à volonté qu'ils abandonnaient vite pour des lampées de lait, du lait contre-poison. D'associer à un travail aussi dégueulasse une boisson indigne d'un homme normalement constitué achevait vite de les dégoûter. Patrick traînait son poulailler comme un boulet. Mais il lui rapportait gros.

Si Patrick ne cultivait le maïs que pour en sélectionner les graines, Grégoire, lui, ne semait du maïs que pour en récolter les feuilles et les tiges qu'il utilisait comme fourrage. De plus, pour son bétail sédentaire, ainsi que tous les éleveurs qui avaient obéi aux conseils des ingénieurs agronomes préconisant l'abandon de la pâture pour les bovins et leur mise en « stabulation libre » dans des bâtiments clos,

Grégoire recevait en sacs une nourriture sélectionnée par les firmes agroalimentaires.

Puisque les épis de maïs ne leur servaient plus à rien, on avait donc conçu pour eux un maïs sans épis. Hypersélection de graines chez les uns, malthusianisme de la semence chez les autres, chacun ne voyait pas plus loin que le bout de son nez.

Jusqu'au jour où cette merveilleuse organisation dérape. Jusqu'au jour où les vaches se mettent à danser la gigue, à se dandiner, à tomber sur les genoux, à tourner en rond comme si elles voulaient se mordre la queue. La panique ! La fièvre aphteuse enrayée, de quoi s'agit-il ? Pourquoi les vaches deviennent-elles folles ?

Albert F., alerté, donna aussitôt à Grégoire la clef du mystère :

— Viens voir mes vaches. Elles ne déraillent pas. Elles broutent tranquillement leur herbe. Mes vaches sont normales parce qu'elles mangent de l'herbe. Eh oui, mon vieux, c'est aussi bête que ça, aussi toquard. Mes vaches mangent de l'herbe, comme les vaches de ton père mangeaient de l'herbe. Comme toutes les vaches, depuis que le monde existe, mangeaient de l'herbe. Et que leur donnes-tu à manger, toi, hein ! Dans ces sacs que tu reçois bien clos... Cette poudre que tu n'as jamais goûtée... Parce que tu leur accordes ta confiance, à tes patrons... Oui, à tes patrons qui t'obligent à faire manger à tes vaches de la viande...

— Ne déconne pas, Albert. Tu vois dans quel pétrin je me trouve.

— Je ne déconne pas. Dans tes sacs, cette farine qu'on te livre c'est de la poudre de viande.

— Où vas-tu chercher ça ?

— Tu n'es pas le premier dont les vaches deviennent folles. On a mené notre enquête et on a découvert le pot aux roses. Puisque la CEE ne réussit pas à écouler ses stocks de viande, elle les transforme en farine alimentaire qui servira à nourrir d'autres bovins... qui produiront des excédents de viande... que l'on convertira en farine, qui...

— Mais c'est de la folie !

— Oui, c'est de la folie.

— A quoi ça nous a servi, notre manifestation à Paris ?

— A nous faire plaisir, un jour ou deux. La FNSEA nous a piégés une nouvelle fois. Notre manif a dégénéré en folklore, en défilé de carnaval. Les capitalistes savent maintenant que les paysans ne sont pas si méchants que ça.

— Ah ! toi, avec tes capitalistes !

— Ah ! toi, avec tes vaches folles !

— Mais qu'est-ce que je vais en foutre, bon Dieu !

— De la poudre de viande...

— Salaud. Aide-moi, au lieu de charrier.

— Tu toucheras une prime, une indemnité. Et tu achèteras d'autres vaches. Peut-être que tu leur donneras à manger de l'herbe. Penses-y. C'est une vieille méthode qui a fait ses preuves. Et tu oublieras tes vaches folles. Tout le monde les oubliera. Tu te souviens, en 1967... Non, tu étais au lycée. Eh bien, en 1967, une révolte des éleveurs, terrible, provoqua plusieurs centaines de blessés en France. Personne ne s'en souvient. Même pas dans notre monde. Mai 68 a tout effacé. Parce que Mai 68 c'était une révolte dans les villes, une révolte urbaine. Tout ce qui touche à la paysannerie s'efface de la mémoire collective. Nous n'intéressons plus personne. Sinon l'industrie des tracteurs, des moissonneuses, des engrais, des pesticides, de l'alimentation manufacturée pour nos bêtes qui ne doivent surtout plus manger de l'herbe puisque l'herbe est gratuite. Et encore, cette industrialisation de l'agriculture qui nous paraît une énorme révolution ne représente pour le capitalisme mondial que dix pour cent de la valeur des échanges, cinquante fois moins que les produits industriels. Dis-toi bien ça et ensuite tu comprendras que tout le monde s'en fout de l'agriculture. Pour le capitalisme mondial c'est déjà du passé révolu. Dix pour cent... Juste un pourboire...

— N'empêche que mes vaches sont folles.

— Et nous, tu ne crois pas que nous sommes fous de nous accrocher à un bateau qui coule...

Comme si Grégoire ne ramassait pas assez d'ennuis avec ses propres vaches, voilà qu'un voisin avec lequel, jusque-là, il n'avait jamais eu un mot plus haut que l'autre, s'amène furibard parce que son unique vache était tombée malade. Eh oui ! il existait encore des petits paysans, des minuscules, à la veille de la retraite, qui ne conservaient qu'une vache et qui malaxaient encore un peu de beurre et de fromage, comme si rien n'avait changé.

— Mais, père Eugène, mes vaches n'ont pas donné la maladie à la vôtre. Vous savez bien qu'elles ne sortent jamais de l'étable.

— C'est le buisson que vous avez coupé. J'étais contre. Maintenant le vent passe et apporte la maladie dans mon champ. Pourquoi vous coupez les haies, hein ? Pourquoi ? C'est comme le noyer que mon père avait planté et que vous avez abattu.

— Mais il se trouvait dans mon champ !

— C'était le champ de mon père. Je l'aimais bien, moi, ce noyer. Je le voyais de ma cour.

— Enfin, père Eugène, il m'aurait fallu tourner en rond autour de votre foutu arbre, avec mes machines qui sont usinées pour aller tout droit.

— Et les noix, c'était bon, les noix...

— Pourquoi s'encombrer d'un arbre, alors que vous pouvez trouver toutes les noix dont vous avez envie au supermarché ?

— Vous parlez bien, vous qui avez des sous. Je ne vais quand même pas acheter des noix.

Le père Eugène, furieux, s'en retourna dans sa borderie en grommelant des injures.

Avec ses vaches folles qu'il devrait abattre, son élevage à reconstituer, la production de lait qui serait réduite à moins que rien, et pendant ce temps-là les emprunts à rembourser, les agios qui s'accumuleraient au Crédit agricole, Grégoire voyait son beau château de sable, si méticuleusement façonné, s'écrouler. Il faudrait une fois de plus, avec Nathalie, réparer les brèches, colmater, redresser les murailles qui s'effritaient. Etre agriculteur lui avait toujours paru un privilège. N'était-ce pas plutôt une malédiction ?

Malédiction ou pas, Grégoire conservait l'orgueil de son métier. Quoi qu'il advienne, il tiendrait. Il savait qu'il tiendrait et que Nathalie l'aiderait à ne pas se décourager. Jeunes tous les deux, vigoureux, optimistes, ils défiaient le mauvais sort. Grégoire, de haute taille, les cheveux et les yeux noirs, ne perdait que bien rarement son calme ou sa lucidité. Albert F. avait beau dire, qui s'était mis en marge dc la production agricole. Par là même, il ne pouvait pas comprendre les impératifs d'une exploitation moderne. Grégoire et Nathalie aimaient la terre autant que lui, plus peut-être. Ils aimaient leurs bêtes autant qu'il aimait les siennes. Sans doute d'une autre façon.

Qu'ils se soient laissé abuser par tous ces « spécialistes » qui s'étaient abattus sur le monde agricole comme une nuée de vautours, aucun doute. Grégoire le reconnaissait. Trop de fossés comblés, qui autrefois freinaient l'eau, trop de talus arasés, de haies coupées qui protégeaient du vent. Lui, Patrick et tous leurs semblables, obéissant aux fonctionnaires de l'Equipement, avaient saccagé le bocage. Grégoire avait appris depuis, mais un peu tard, que ces fonctionnaires qui les poussaient à détruire leurs paysages naturels touchaient une prime sur le montant des travaux. Donc, plus ces bureaucrates saccageaient, plus ils arrondissaient leurs fins de mois. Le remembrement répondait en réalité à un plan de bataille conçu par les fabricants de machines agricoles, par les industriels de la chimie et des firmes agroalimentaires, pour faire franchir aux paysans cette frontière qui les mènerait inexorablement vers la modernité. Le remembrement permettait le passage à un machinisme surdimensionné. Plus les machines devenaient larges, plus le remembrement s'imposait. En même temps, ces énormes machines introduisaient dans les campagnes les symboles optimistes de l'industrialisation.

Grégoire, si fier de ses machines, en était un peu revenu. Ne servaient-elles pas surtout aux céréaliers ? Il voyait bien qu'il n'arriverait jamais à entrer en concurrence avec Patrick. Les machines, pour lesquelles il s'était tant endetté, commençaient à devenir désuètes, comparées à celles que conduisait Patrick. Le résultat de l'industrialisation de l'agriculture, c'était Patrick, avec sa ferme propre comme une usine informatisée. L'éleveur, le producteur de lait, resterait toujours un paysan, aussi moderne soit-il. On sciait les cornes des vaches enfermées dans leurs « parkings » pour qu'elles ne se blessent pas en se bousculant, mais on ne pouvait pas leur boucher le derrière. Elles produisaient du lait, mais aussi de la bouse, se maculant les flancs de couches épaisses de merde. Il fallait changer les litières de paille, comme jadis, les asperger de jets d'eau pour les nettoyer. Et d'avoir prétendu les transformer en carnivores les avait rendues folles.

Une folie n'arrivant jamais seule, Jean-François se mit dans l'idée de présenter Karine à sa mère.

Il eut d'abord beaucoup de mal à persuader la jeune fille de l'accompagner un dimanche à la ferme. Elle ne conservait de son travail chez Patrick, pour la castration du maïs, qu'un souvenir de courbatures et d'insolation.

— Tu sais, moi, la campagne ça me donne le bourdon. Tous ces chemins qui ne mènent nulle part, ces champs à perte de vue où l'on ne voit personne. Très peu pour moi.

— Depuis que je viens te voir toutes les semaines, ma mère a bien fini par se douter de quelque chose. J'ai été obligé de lui dire.

— De lui dire quoi ?

— Que je suis amoureux de toi.

— Amoureux ? Tu es sûr ? Fais gaffe. Quand on est amoureux on ne peut plus se passer l'un de l'autre. Ça crée des tas de problèmes.

— Tu es bien un peu amoureuse de moi, quand même ?

— Où es-tu allé chercher ça ? C'est pas parce qu'on baise qu'on est amoureux. Et pour ce qui est de baiser, mon vieux, tu repasseras.

— Alors, tu vois bien que tu as de l'affection pour moi. Sinon...

— Parce que en plus tu veux de l'affection !

— Ben oui, excuse moi.

— Ne fais pas cette tête, tu as l'air d'un enfant pauvre.

Jean-François se disait que quand on est un enfant pauvre, on le reste toute sa vie. Et près de la jolie Karine, de Karine si à l'aise dans son existence de chômeuse, de Karine effrontée, désinvolte, il avait bien en effet l'impression d'être toujours l'enfant pauvre, le fils de Louis le Suicidé.

Finalement, Karine accepta d'enfourcher la moto. Jean-François aimait la sentir derrière lui, collée à son dos, les bras lui enserrant la taille. Elle ne pouvait faire autrement au risque d'être renversée. Il lui semblait alors qu'elle s'abandonnait, qu'elle devenait sienne plus que lorsqu'ils s'allongeaient dans un lit. Sur sa moto, il n'était plus un enfant pauvre. Il n'était plus timide. Il l'emportait. Elle ne pouvait pas se dérober. Obligée de le suivre, de se plaquer contre son corps, de tenir ses mains crispées contre son ventre, il aurait voulu que la moto ne s'arrêtât jamais.

Pour aller à la borderie, il fallait abandonner la route goudronnée et emprunter un chemin de terre défoncé par les tracteurs. La moto devait rouler très lentement et parfois elle manquait de chavirer.

— Tu l'as drôlement esquintée, ta route, dit Karine.

— Pas moi ! C'est leurs machines, aux autres, qui abîment tout.

Karine trouva la fermette charmante. La masure, enfouie dans une végétation dense, avec de hautes roses trémières le long des murs, ne se donnait-elle pas des allures de chaumière d'opérette. La veuve les attendait dans la cour, ses mains posées sur un tablier exagérément neuf. Elle ne savait pas quelle contenance prendre devant Karine et si elle devait l'embrasser ou lui serrer la main. Dans le doute, elle lui tendit deux doigts quc Karine ne remarqua pas. Puisqu'elle était là, Karine se montra aimable. Elle s'extasiait devant le puits, le chat, les chèvres, le verger. D'être appelée à tout bout de champ Mademoiselle par la veuve la flattait. Elle se mit à jouer le rôle de la promise, de la fiancée potentielle, de la belle-fille probable. La veuve tournait autour de cette jolie fleur comme une abeille, lui offrait à boire, lui présentait des fruits, lui faisait visiter l'intérieur de la borderie où il n'y avait vraiment rien à remarquer, sinon de si vieux meubles tout déglingués. Mais Karine, en veine d'amabilité, trouvait tout beau. Trop beau. Trop vite. Jean-François n'en revenait pas. Cet enthousiasme ne cachait-il pas quelque chose ? L'hypothèse qu'elle était conquise l'effleura néanmoins.

Lorsque la moto les ramena à la ville, et dès que Karine sauta du tan-sad, il la vit changée, fermée, hostile.

— Je savais bien que tu n'étais pas un nanti, comme Patrick. Mais quand même, être cloche à ce point-là, je croyais que ça n'existait plus.

— Je te raconterai. Mon père...

— Non, non, ça ne m'intéresse pas.

— Je ne veux pas rester un paysan, moi. C'est pour ma mère. Pour toi, je suis prêt à tout abandonner, à venir travailler en ville.

— Et que ferais-tu en ville, balourd comme tu es ? Pour moi ? Voyez-vous ça ! Demande-moi en mariage, pendant que tu y es !

Elle refusa qu'il l'accompagne dans sa chambre.

En 1982, il y avait eu la grande parade parisienne, le défoulement, la mascarade folklorique sur les boulevards, l'illusion d'une démonstration de force. En

1986, la CEE, le gouvernement, toute la finance, toute la bureaucratie prenaient leur revanche par une première mesure autoritaire et contraignante qui frappa le monde paysan de stupeur : les quotas laitiers.

Cette décision était tellement incompréhensible, tellement à l'encontre de toutes les idées reçues, que l'on crut d'abord mal comprendre. Grégoire et Nathalie en perdirent brusquement leur habituelle activité. Ils restaient affalés sur leurs sièges, devant la table où Nathalie posait à gauche les devoirs de ses élèves à corriger et à droite les factures, les bordereaux, tous les comptes de la ferme qu'elle tenait si méticuleusement.

— Enfin, répétait Grégoire, on nous a bien suppliés, le mot n'est pas de trop, d'emprunter pour augmenter notre troupeau, de mécaniser la traite pour que ça aille plus vite, d'acheter de la nourriture usinée comme cette maudite farine de viande qui rend nos vaches folles, pour que la lactation soit amplifiée. On nous a poussés à produire plus, toujours plus, et puis quoi ?

Avec sa logique d'institutrice, Nathalie se remémorait, elle aussi, toutes les injonctions productivistes du Conseil régional, des syndicats, du gouvernement. Tous, oui tous, les avaient poussés à se moderniser, à travailler comme des dingues, pour que le rendement du lait augmente, pour que les fermes s'agrandissent. Nathalie consacrait toutes ses vacances scolaires à la paperasse, toujours plus épaisse, dont elle ne venait jamais à bout, comme jadis on ne venait jamais à bout des doryphores dans les champs de pommes de terre. Avec l'élevage et le lait, impossible de s'absenter. Ils arrivaient juste à se faire remplacer pendant quatre jours l'été, pour un congé si rapide qu'ils n'en tiraient aucun plaisir. Grégoire aimait aller en Haute-Provence, suffisamment loin de son pays pour y espérer le dépaysement. Le Sud, aride, sec, contrastait avec les terres mouillées de l'Ouest. Il regardait les champs, les animaux, observait les méthodes de culture, comparait avec sa ferme, ses prés, ses vaches. Solitaire pendant toute l'année, parmi ses bêtes, il choisissait pour ses maigres vacances un lieu solitaire et, dans ses promenades avec Nathalie, ils ne parlaient que de leur ferme, de leur cheptel, des espérances qu'ils leur donnaient. Ces quatre jours leur permettaient de prendre du recul, d'échafauder de nouveaux projets. Ils revenaient très vite, heureux de se retrouver chez eux.

Ce qu'ils lisaient maintenant dans les journaux, dans les circulaires administratives, les laissait abasourdis. Les frigos communautaires débordaient de beurre et de poudre de lait ; cette poudre de lait qui se substituait au lait naturel et avec laquelle on produisait un lait artificiel qui nourrissait les veaux sevrés.

Grégoire lisait, suffoqué, ces phrases absurdes. Il

les lisait à haute voix pour que Nathalie les entende et qu'elle lui confirme qu'il avait bien compris l'incompréhensible :

« En 1979, la Commission économique européenne a dépensé huit milliards et demi de francs pour subventionner l'incorporation de poudre de lait dans la nourriture des veaux... En 1986, l'Europe a affecté trente-cinq milliards de francs pour éliminer dix millions de tonnes d'excédents laitiers... Les stocks européens de beurre équivalent à la masse de l'Empire State Building... »

Lorsque les chiffres deviennent trop énormes, ils ne veulent plus rien dire. Grégoire et Nathalie comprenaient bien que cette poudre de lait était un aliment ruineux en énergie et en subventions publiques, mais en même temps ils avaient l'impression que tout cela était faux, que cet étalage de statistiques masquait une autre réalité. Mais laquelle ? Impossible de continuer dans cette voie. Ils se sentaient perdus, à la merci des seigneurs de Bruxelles et de Paris. Ceux d'autrefois, les nobles qui possédaient les terres, les fermes, ces seigneurs de la vieille tradition, et contre lesquels les paysans s'étaient si souvent révoltés, on les connaissait, on pouvait leur jeter des pierres, les menacer de la faux, mais les nouveaux seigneurs restaient invisibles, métamorphosés en sigles, en lettres majuscules... L'anonymat absolu ! En suivant Albert F. à Paris, pour cette gigantesque manifestation voilà tout juste quatre ans, presque mois pour mois (mais oui, quel anniversaire !), Grégoire ne s'était-il pas senti anonyme dans ce défilé lui aussi, finalement, tout à fait anonyme. Des paysans anonymes qui manifestaient contre des seigneurs anonymes. Pas étonnant qu'il n'en résultât rien !

Grégoire et Nathalie s'étaient toujours appliqués à respecter scrupuleusement les directives de l'administration. Ils avaient éliminé l'usage des œstrogènes lorsque ceux-ci avaient été interdits pour les veaux, alors qu'ils n'ignoraient pas comment certains de leurs collègues planquaient la poudre blanche dans des bidons enterrés au fond des jardins ; comment ils s'évertuaient à éviter les contrôles ; comment tout un trafic clandestin se manigançait en dehors des circuits vétérinaires.

Mais là, ils n'en pouvaient plus. Ils se refusaient à vendre des vaches pour que leur production de lait baisse. Après la catastrophe des vaches folles, le Crédit agricole ne leur avait consenti qu'un maigre prêt pour renouveler leur troupeau. Comme on le leur demandait, ils réussirent néanmoins à accroître leur rendement au prix de nombreux sacrifices. Ils se souvenaient du terme qui leur était appliqué dans les brochures de la CEE, des syndicats, du Conseil général : « Vous êtes le fer de lance de la modernité. » Et voilà que cette fameuse lance, on voulait la leur casser. Ils s'estimaient trahis. Ils refusaient le diktat. Ils continueraient comme avant, sans forcer, sans se forcer au rendement, en prenant un peu plus de leur temps, mais ils n'abandonneraient pas. Ils n'allaient quand même pas saboter eux-mêmes leur outil de travail !

Jean-François, lui, n'avait pas de tels soucis. Il ne possédait pas de vaches et le lait de chèvre, qui pour l'instant ne surproduisait pas, échappait au contingentement. Il n'avait pas de tels soucis, mais il en ramassait d'autres, moins publics, plus personnels, mais tout aussi déprimants.

Maintenant que sa mère connaissait Karine, elle n'arrêtait pas de lui parler de la jeune fille, de l'interroger pour en savoir plus. Et Jean-François s'exaspérait de ne pouvoir répondre, puisque lui-même ne savait rien. Quelle idée, aussi, de l'amener à la borderie, d'étaler devant elle sa misère ! Maintenant que sa mère avait vu Karine, il lui semblait que la jeune fille lui appartenait moins. Avant, elle était son secret. Désormais, il devait la partager avec la veuve qui lui posait sans cesse des questions, le mettait en garde. Ne s'amourachait-il pas trop vite ? N'était-elle pas trop élégante pour une future fermière ? Et que faisaient ses parents ? Et elle-même... Coiffeuse ? Un métier de catin. Elle lui disait qu'il devrait réfléchir, ne pas s'emballer. Après tout, qu'il prenne son temps. Elle se mettait à pleurnicher en répétant qu'elle n'était pas éternelle et qu'une fois crevée s'imposerait le besoin d'une femme dans la borderie. Mieux vaudrait une ménagère moins parfumée.

— Où veux-tu que j'en trouve ? Toutes les filles décampent. Si tu réussis à dénicher une payse au bourg ne la lâche pas. Amène-la-moi. Mais je suis bien tranquille, tu auras beau chercher, pffuit... elles se sont toutes envolées.

Le bourg, en effet, devenait de plus en plus désert. Les bâtiments des fermes abandonnées tombaient en ruine. Les cultivateurs qui prenaient leur retraite ne trouvaient plus de repreneurs, sinon pour les champs qui arrondissaient le domaine des gros fermiers. Les maisons, personne n'en voulait. Avec tous ces volets fermés, ces portes closes, les rues paraissaient aveugles. Et bizarrement, alors que s'offraient tant de maisons vides dans le bourg, il commençait à se bâtir une sorte de banlieue en bordure de la route départementale, avec des petits pavillons minables, préfabriqués. Une population ouvrière qui travaillait dans la zone industrielle de la sous-préfecture se logeait là, pour pas trop cher, sans avoir calculé qu'elle dépenserait en frais de déplacement (la voiture, l'essence) ce qu'elle croyait économiser en loyer.

Jean-François vécut une semaine horrible. Il attendait ce dimanche où il dévalerait vers la ville, sans trop d'espoir de retrouver Karine. Il ne savait comment la joindre. Pas de téléphone dans sa chambre, pas d'autre adresse puisqu'elle ne dépendait pas encore d'un employeur. Fréquentait-elle des amis, des copains ? Sans doute, mais il ne les connaissait pas. Il ne connaissait que ce point de rendez-vous près de la bascule du champ de foire et son domicile.

Bien qu'il comprît la stupidité de ce parcours, il se rendit d'abord au champ de foire. Il est vrai qu'elle n'avait pas plus de raison de l'attendre dans sa chambre que près de la bascule. Il ne la rencontra en effet, ni dans cet endroit ni dans l'autre. Alors il se laissa aller à une exploration désespérée des rues et des places, lançant sa moto dans toutes les artères, les ruelles, les impasses. Il passait lentement entre les immeubles, scrutant les fenêtres, avec cet espoir insensé d'apercevoir quelque part les cheveux blonds de Karine. Il roula de rue en rue jusqu'au soir, sans succès, repoussant le plus tard possible son retour à la borderie, où il devrait raconter à sa mère des mensonges et garder pour lui son chagrin.

Les quotas laitiers amenèrent un affrontement entre fermiers et coopératives qui collectaient leur production. La grève du lait qui s'ensuivit, ça ne s'était jamais vu ! D'autant plus que les vaches, elles, ne faisaient pas grève, qu'il fallait continuer à les traire, comme d'habitude, les nourrir et transporter les bidons pleins pour vider le lait dans les fossés. Les camions-citernes qui assuraient leur tournée tous les matins repartaient à vide. Si bien que les laiteries, soudainement, ne pouvaient plus assurer les approvisionnements, ni fabriquer fromages et yaourts. Trop de lait, trop de lait... Eh bien qu'on le jette et qu'on n'en parle plus...

Pour apaiser les esprits, le président du Conseil régional organisa une tournée dans les campagnes qu'il voulait informelle et amicale. Albert F. et Grégoire sautèrent sur cette occasion et décidèrent de l'inviter personnellement dans la cour d'une grande ferme, avec quelques amis.

Le président du Conseil régional, gros homme joufflu, rougeaud, avant de se vouer à la politique dirigeait une compagnie d'assurances. Voulant faire simple, il se déplaça en voiture avec son chauffeur, sans collaborateurs. Aussitôt sorti de son véhicule, il fut entouré par la centaine de paysans regroupés une nouvelle fois afin d'en découdre. Leur attitude était si hostile que le président du Conseil régional eut un mouvement de recul. On lui avança une chaise, lui intimant de monter dessus. On le verrait mieux pour lui poser des questions. Se sentant un peu rassuré, juché sur ce trône, il commença à discourir :

— Le caractère biologique de la production laitière représente un obstacle considérable à la mécanisation totale de votre métier, pourtant nécessaire...

— Nécessaire pour qui ? lança un assistant. Pour les industriels sans doute, mais pour nous...

— Voilà qu'il reproche aux vaches leur caractère biologique, railla un autre. Des vaches en fer, ou en matière plastique, ça c'est le progrès !

— Les machines sont trop chères en investissement et en coûts de fonctionnement pour nos superficies modestes, cria un troisième.

Les cris des agriculteurs couvraient la voix de l'orateur qui débitait son discours comme si de rien n'était. On entendit, lors d'une brève accalmie :

— ... le succès de l'indemnité viagère de départ...

Les rires fusèrent :

— Beau succès ! Oui, oui, l'indemnité viagère de départ, le seul succès de la politique agricole. Tu as raison, Gaston ! Au revoir, messieurs les paysans, et merci !

L'orateur continuait. Il savait qu'il devait continuer, au risque de perdre la face. Le dernier qui parle a toujours raison. Les hommes politiques savent qu'il faut tenir, suivre son discours, sans se préoccuper des contradicteurs, tenir jusqu'au bout et emporter le morceau au finish. Il assénait des chiffres. Les chiffres ont l'avantage de ne pouvoir se vérifier immédiatement. Et ils donnent toujours une impression de scientificité. Il disait :

— Depuis 1954, la population paysanne a perdu le tiers de ses effectifs. Deux millions de travailleurs ont quitté la terre. Mais alors chaque agriculteur nourrissait dix personnes, aujourd'hui chacun de vous en nourrit quarante...

— Cause toujours... Donc, on sera punis parce qu'on est trop bons ?

Il se produisit une bousculade. Enlevé de sa chaise, le président du Conseil régional fut poussé dans les bâtiments et enfermé à clef. Son chauffeur essaya de s'interposer, mais sous les huées et les menaces il n'eut d'autre solution que de s'enfuir avec la voiture de son patron.

C'est ainsi que le président kidnappé eut la grande originalité pour un homme politique de coucher une nuit dans une ferme. Comme nul n'est parfait, dès le lendemain matin un peloton de gendarmes investissait les bâtiments et rendait le président à ses occupations habituelles.

Quelques jours plus tard, à l'aube (l'heure du laitier, comme on dit en Angleterre), cinq militants furent arrêtés. Parmi eux, Albert F. Leur condamnation à deux mois de prison fut prononcée dans la foulée.

Aussitôt, Grégoire et tous les producteurs de lait du département se précipitèrent à la préfecture. Le ronronnement des tracteurs, les pneus incendiés, les citernes de purin déversées sur les moquettes roses du Conseil régional, tout y passa. Originalité par rapport aux manifestations précédentes, la distribution de lait aux passants, du lait cru, que certains refusaient de peur d'être empoisonnés par un aliment aussi primitif. Après avoir saccagé l'hôtel des impôts, les manifestants se rendirent à la prison. Un tracteur, lancé à toute allure, en défonça la porte. Il y eut quelques violentes bagarres avec les CRS, des blessés dans les deux rangs et, comme le nombre de paysans augmentait sans cesse, comme il en arrivait toujours des nouveaux, venus d'autres départements, comme ils finissaient par investir la ville, à plusieurs milliers, les cinq prisonniers furent libérés et leur peine commuée en quatre mois de prison avec sursis. Albert F. rentra chez lui en rigolant.

La grève du lait, ruineuse pour les fermiers, n'avait duré que dix jours. Puis les camions-citernes reprirent leurs rondes matinales, comme si rien ne s'était passé.

De son côté, Patrick, un peu en froid avec Grégoire depuis leur équipée à Paris, Patrick qui rendait envieux Grégoire, Patrick qui tenait son métier par le bon bout, Patrick qui ne produisait ni lait ni viande de boucherie, avait aussi ses ennuis.

La chaîne d'alimentation de son poulailler s'était rompue quatre fois. Pour rassembler les bouts et réparer il tirait seul sur la chaîne. Travail difficile et épuisant. A de tels moments, l'absence d'une femme à la ferme se faisait sentir lourdement. Isabelle, infirmière à l'hôpital de la sous-préfecture, ne lui fournissait aucune aide. Elle ne tenait même pas les comptes, comme Nathalie. Sa profession, qui l'accaparait parfois la nuit, ses enfants, tout cela l'occupait suffisamment. D'ailleurs, le type de travail du céréalier n'imposait pas une présence constante comme pour l'éleveur. Patrick disposait de suffisamment de temps et gérait bien son entreprise. Sa seule erreur : se lancer dans le hors-sol.

Il suivait le mouvement de ses collègues céréaliers qui, presque tous, concurrençaient les petits agriculteurs en produisant, en plus de leurs céréales, des poulets, des dindes, des pintades. Ces usines géantes à ponte et à viande blanche en venaient à évincer partiellement la viande rouge. D'autant que, dans les villes, les consommateurs préféraient de plus en plus le poulet au bœuf.

Affronté aux quotas laitiers et à cette diminution de demande de bovins pour la boucherie, Grégoire n'avait pu empêcher qu'une certaine jalousie brouille ses rapports avec Patrick.

Mais comme Grégoire était un brave type, et que cette brouille informulée lui pesait, il profita d'un jour de pluie torrentielle, où Patrick ne pouvait travailler dans ses champs, pour lui rendre visite. Dès ses premiers mots, la rancœur de l'éleveur contre le céréalier ressurgit :

— Le hors-sol devrait être laissé aux petits agriculteurs comme appoint. Même les céréaliers de la Beauce font du poulet, maintenant. Et pour trois fois rien. Depuis l'histoire du veau aux hormones, les gens se méfient de nos viandes. Mais, pour vos poulets, pas de problème, on les fourgue à tous ceux qui n'ont pas droit à la parole, à ceux qui bouffent ce qu'on leur donne à bouffer : les malades dans les hôpitaux, les vieillards dans les maisons de retraite, les cantines scolaires, les restaurants d'entreprise. Ah ! vous en possédez un beau marché, bien rodé. Vous fabriquez des poulets pleins de graisse, pleins d'antibiotiques, pleins d'eau, et valsez madame ! Ni vu ni connu.

Patrick accepta mal ces reproches, venant de son vieux copain. Il n'avait pas l'habitude de se plaindre, sachant bien qu'il se trouvait parmi les privilégiés. Mais sa réussite ne s'était pas produite toute seule et il devait toujours veiller à ce que rien ne dérape. Justement, la chaîne d'alimentation du poulailler qui se cassait si souvent l'alertait. Le mécanisme déjà vieilli, il allait falloir acheter du matériel neuf, plus performant, alors que son contrat avec le distributeur qui lui écoulait toutes ses volailles lui laissait une recette à peine supérieure à ses charges. Et il devenait de plus en plus difficile d'obtenir de la main-d'œuvre pour assumer le travail répugnant du nettoyage des fientes.

— Tu es injuste, dit Patrick. Tu as des problèmes, j'ai les miens.

Emporté par sa mauvaise humeur et décidé à être injuste jusqu'au bout, Grégoire ajouta :

— Tes litières de volaille, que tu épands dans tes champs, empoisonnent le pays de leur odeur infecte. Et en plus, tu y mets des charognes de poulets inconsommables. C'est dégoûtant, ces carcasses que tu abandonnes à la pourriture, dans tes chaumes. Il y aurait le choléra, un jour, que ça ne m'étonnerait pas.

Patrick eut une violente envie de se ruer sur Grégoire, de le bourrer de coups de poing. Oui, se battre, comme deux gamins. Ils ressentaient tous les deux une irrésistible envie de s'affronter physiquement, faute de pouvoir fiche une torgnole aux Tout-Puissants, aux Invisibles, à ceux qui tiraient les ficelles des pantins.

5

En 1986, François Guillaume, président de la FNSEA, qui avait lancé quatre ans plus tôt la spectaculaire manifestation paysanne dans les rues de Paris, fut nommé ministre de l'Agriculture du gouvernement Chirac de cohabitation. Il ordonna aussitôt de suspendre le mot de grève du paiement des taxes parafiscales lancé par les céréaliers. Qu'un leader syndicaliste se travestisse en ministre n'est pas très sain, mais qu'il s'empresse de briser une grève qu'il a lui-même suscitée devient tout à fait dégoûtant.

Patrick, on le sait, encore moins que Grégoire, n'avait pas la fibre syndicale. Mais lorsque Albert F., goguenard, lui demanda s'il ferait la grève sauvage de paiement, il accepta d'emblée.

— Il y a quatre ans, dit Albert F., on s'est opposés

au ministre socialiste de l'Agriculture. Aujourd'hui, on va en découdre avec le ministre chiraquien de l'Agriculture. Les ministres changent, les ministères aussi, mais je vous l'ai répété cent fois l'ennemi reste le même. Le capitalisme...

— Ah ! tu nous les casses avec ton capitalisme.

— Un journal américain a calculé que les stocks européens de céréales rempliraient sept grandes pyramides de Khéops. Ne crois pas que tu vas pouvoir continuer à produire du grain comme ça, à tire-larigot et *ad aeternam.* Tu n'as pas soutenu les revendications des producteurs de lait touchés par les quotas. Tu aurais dû. Ton tour va venir, mon vieux. Les Américains n'ont jamais accepté la mise en place de l'Europe verte. Et comme ils veulent relancer leurs exportations agroalimentaires, singulièrement en baisse, ils n'y arriveront qu'en torpillant l'agriculture française, leur principale concurrente. L'Europe sera le bouc émissaire de la crise agricole américaine. Ah ! toi, le moderniste, le performant, tu vas en baver.

— On dirait que ça te fait plaisir.

— Non, ça ne me fait pas plaisir. Seulement vous n'avez jamais voulu écouter les petits, les sans-grade. On vous a pourtant crié casse-cou. Et vous vous disiez : « Les cons, comme ils ne peuvent pas suivre, ils disent que le chemin est mauvais. »

— Cause toujours...

— J'aime bien causer, c'est vrai. Peut-être que je

devrais causer moins et m'occuper plus de ma terre. Tiens, veux-tu que je te conte encore des horreurs ? Les Américains vont nous faire la peau. On se défendra. Mais personne d'autre que nous ne prendra notre parti. Car l'Europe est encore plus détestée dans le tiers-monde que nous ne détestons nos concurrents yankees. En défaisant l'économie de nombre de pays pauvres, l'Europe bat tous les records d'impopularité.

Patrick, sans grand enthousiasme, participa à toutes les manifestations contre le ministre de droite, comme il avait participé, sans plus d'enthousiasme, aux manifestations contre le ministre de gauche. Il s'était réconcilié pour la circonstance avec Grégoire qui rejoignait les céréaliers puisque les taxes sur les grains qu'il devait acheter pour nourrir son bétail, depuis qu'il répugnait à leur faire consommer de la poudre de viande, grevaient lourdement son budget.

— Pourquoi n'achètes-tu pas directement tes céréales à ma ferme ? lui avait demandé Patrick. Tu ferais l'économie des taxes et du transport. Et moi je me débarrasserais de mes surplus.

Grégoire s'étonna de le découvrir si naïf :

— Tu sais bien que l'achat direct des céréales, de paysan à paysan, est interdit. Ben voyons, comment vivraient les intermédiaires !

Comme d'habitude, ils maculèrent de peinture les murs de la sous-préfecture, brisèrent les vitres et dispersèrent les dossiers de la perception, bloquèrent les camions de ramassage de lait, brûlèrent de vieux pneus, déversèrent du purin dans les escaliers du Conseil général et François Guillaume, monté sur son cheval de ministre, coiffé de son bicorne de ministre, la poitrine constellée de ses décorations d'ancien syndicaliste, François Guillaume, qui n'avait pas oublié la force et la détermination des paysans en colère, décida brusquement de supprimer les taxes parafiscales selon un calendrier échelonné sur cinq ans.

Jean-François, qui eût été bien en peine de payer des taxes parafiscales, finit par retrouver Karine dans une discothèque.

— Ah ! t'es là, toi..., dit-elle en l'apercevant.

Et comme il ne répondait rien, puisqu'il était si évident qu'il la cherchait, elle se voulut aimable :

— C'est sympa, de voir ta tête.

Ce pauvre compliment le fit chavirer. Il voulut serrer Karine dans ses bras, mais elle se dégagea brutalement et s'en alla danser avec un type qui l'invitait.

Dès l'arrêt du disque, il fonça sur Karine qu'il prit par le poignet, la tirant dehors.

— Mais que veux-tu ? Me donner un cadeau ?

— Oui, c'est ça, te donner un cadeau.

— Pauvre cloche !

— Viens avec moi en ville et tu choisis ton cadeau.

— Laisse tomber. Je ne suis pas une fille pour toi.

— Viens choisir ton cadeau.

Il la tira vers la moto. Elle grimpa sur la selle en rechignant.

— Ça ne te va pas de jouer au mec vachard.

Il fila vers le centre de la ville et stoppa dans la rue principale où se regroupaient les magasins les plus luxueux.

— Maintenant, tu choisis.

Elle le regarda, incrédule.

Il la prit de nouveau par le poignet, sans ménagement, et la poussa vers les magasins.

— Lâche-moi. Tu me fais mal.

— Alors, que veux-tu ?

Elle regarda les robes d'un magasin de confection, passa devant une autre vitrine où des flacons de parfumerie étalaient leurs dorures. Elle hésita, s'arrêta finalement devant l'étalage d'un bijoutier, montra du doigt une bague sur laquelle un petit diamant, enchâssé, scintillait.

Mais le dimanche le magasin était fermé.

— Je m'arrangerai pour venir en semaine. Disons jeudi après-midi. Rendez-vous ici, à trois heures.

— Tu es dingue. Tu as vu le prix ?

— T'occupe pas. J'ai les moyens.

Il voulut la suivre dans sa chambre. Elle se déroba en riant.

— Non mais... Tu ne voudrais pas que je te fasse crédit.

Lorsque Nathalie s'aperçut, en février, que le chèque créditant la livraison du mois à la laiterie n'arrivait pas, elle ne s'inquiéta guère, les retards de courrier dus aux fantaisies de la poste n'étant que trop fréquents. Là encore, une administration que la Troisième République, si décriée, considérait à juste titre comme une incontestable réussite, dérapait. Et, bien sûr, les nouveaux seigneurs bureaucrates n'admettaient aucun recours. Un chèque ajourné et les agios à la banque inscrivaient leurs chiffres. Le cochon de payant avait toujours tort et le bureaucrate toujours raison.

Huit jours s'écoulèrent. Grégoire téléphona à la laiterie. Le sous-fifre le brancha sur un fifre qui l'envoya à un sur-fifre. Le sur-fifre prit un ton embarrassé et lui demanda de venir pour plus d'explications.

Grégoire constata alors qu'il ne s'était jamais soucié de la destination du lait stocké en container à l'entrée de l'étable. Aucun contact avec son principal acheteur. Le matin, le camion-citerne passait et Grégoire retrouvait le container vide. Il ne voyait même pas le camionneur, ne savait ni son nom ni la couleur de sa binette.

En conduisant sa voiture vers la laiterie, Grégoire réfléchissait pour la première fois à ces anomalies. Mais il s'inquiétait surtout de la raison d'une convocation aussi énigmatique. La laiterie voulait-elle baisser la cotation, eu égard à la surproduction ? En tel cas, elle ne s'encombrait pas, en général, de telles précautions. L'envoi d'une simple circulaire suffisait. Car comment lui, Grégoire, pouvait-il discuter d'une baisse des tarifs avec son exclusif acheteur de lait ? C'était à prendre ou à laisser.

Ce qu'il découvrit lui parut si énorme qu'il refusa d'abord de le croire. Il savait bien qu'il dépassait les quotas. Comme ni la laiterie ni l'administration ne bronchaient, il finit par supposer qu'ils ne s'en apercevaient pas et continua sa production sans trop s'inquiéter. Et là le directeur lui révélait que non seulement il n'avait pas le droit de lui régler son compte, qui resterait bloqué, mais qu'il devrait verser plusieurs millions de centimes de pénalités.

Grégoire eut vraiment l'impression qu'on l'étranglait. A tel point qu'il porta ses mains à son cou pour desserrer cette étreinte qui l'étouffait. Il devint si blême que le directeur se leva de son bureau, appela un sous-fifre, lui demanda d'apporter un verre d'eau.

Effondré, son verre d'eau à la main, Grégoire n'arrivait pas à boire, tellement sa main tremblait. Il essaya néanmoins d'argumenter :

— L'année dernière j'ai aussi dépassé les quotas et vous ne m'avez rien dit.

— L'année dernière, il n'y a pas eu de pénalisations. La proximité des élections législatives les a écartées.

— Comment voulez-vous que je paye les pénalités si vous ne payez pas mon lait ?

— Cher monsieur, estimez-vous heureux que l'administration ne vous sanctionne pas pour tous les excédents que vous avez produits depuis l'instauration des quotas. La pénalisation serait équivalente au prix du lait des quantités excédentaires. Votre ferme y passerait.

— Comment voulez-vous qu'on y comprenne quelque chose ? Ça fait des années qu'on nous demande d'emprunter pour nous moderniser, pour produire plus, toujours plus. Et maintenant on nous dit que nous sommes coupables parce que nous produisons trop.

— C'est pareil pour nous, cher monsieur, plus nous vendons de lait, plus nous sommes contents. Devoir sanctionner nos agriculteurs ne nous est guère agréable. Non seulement on réduit nos bénéfices, mais nous portons le chapeau des amendes. Je ne peux rien pour vous...

— L'inspecteur des contributions ?

— Peut-être. En tout cas, c'est lui la pompe à finances.

Grégoire se précipita à l'hôtel des impôts, immeuble ostentatoire, tout neuf, qui contrastait avec les édifices gris et vieillots de la sous-préfecture. Ce n'était pas le jour de réception de l'inspecteur. Lui trouver un remplaçant équivalait à demander l'impossible, l'extravagant, le déraisonnable. Personne, sauf l'inspecteur accrédité, ne pouvait lui répondre quoi que ce soit. Il lui faudrait revenir au jour et à l'heure dits. Et les vaches, pendant ce temps-là, qui les soignerait ? Nathalie garderait la ferme le mercredi, mais l'inspecteur ne recevait que le mardi. Toujours cette dictature aveugle de l'administration, envers laquelle on se sait éternellement redevable, envers laquelle une disponibilité absolue est obligatoire.

Grégoire fit appel à Jean-François, constamment d'accord pour les petits boulots qu'on lui proposait. Et le mardi suivant il fit antichambre, avec d'autres paysans du coin, dans la salle d'attente de l'inspecteur.

Cet inspecteur n'avait pas l'air d'un mauvais bougre. Il feuilleta lentement son dossier, comme s'il le découvrait, comme s'il s'attendait à ce qu'il en sorte une pochette-surprise. Puis il regarda Grégoire et lui dit d'un air désolé :

— Personne ne respecte les quotas laitiers. Il fallait faire un exemple. C'est tombé sur vous.

« C'est tombé sur vous. » Il sembla à Grégoire que la foudre lui tombait en effet dessus.

— Et qu'est-ce que vous pouvez arranger ? Vous pouvez bien arranger quelque chose. Sinon je ne pourrai pas payer mes impôts.

— Mais non, mais non. Vous savez bien que si vous ne payez pas vos impôts vous aggraverez votre cas et surtout vos dettes.

— Il y a quand même bien un accommodement...

— Rien. Sinon respecter les quotas, payer vos pénalités. Le marché du lait s'assainira. Si vous menez bien votre barque vous verrez que vous en serez le premier bénéficiaire.

— Comment tenir jusqu'à ce que ça s'assainisse ?

L'inspecteur se leva, ouvrit la porte et, congédiant son visiteur, lui conseilla de veiller à sa gestion.

Lorsque Grégoire revint à sa ferme, il trouva Jean-François en train de changer la litière dans l'étable. Si les affaires avaient été meilleures, il aurait bien embauché le jeune homme plus souvent. On pouvait lui faire confiance. Difficile de trouver plus travailleur et plus sérieux que lui.

Avant que Jean-François se soit enhardi à demander un prêt d'argent à Grégoire, celui-ci l'avait mis au courant de ses déboires, de son angoisse. Comment arriverait-il à se sortir de ce pétrin ?

— Tu n'es pas le seul, dit Jean-François. Tu connais Vincent Liénard... Mais si, mais si, celui qui accueillait gentiment les moutons d'Antoine. Eh bien, il s'est pendu, comme mon père.

— Ah ! oui, Liénard...

Il revoyait vaguement Liénard. Cinquante hectares, une cinquantaine de vaches. Il demanda :

— Aussi pour les quotas ?

— Il était gentil, Liénard. Seulement il accumulait des dettes pour son matériel. Il avait dû construire un grand bâtiment pour la stabulation. Il pensait qu'on ne lui en voudrait pas de dépasser un peu les quotas. Il pensait que tout le monde était gentil, comme lui. Ça l'a vexé, cet homme, de rencontrer autant de méchanceté. Il ne s'est pas raté.

Grégoire pensait qu'on ne se ratait jamais à la campagne. Quand on se pend, on ne rate pas son suicide. Albert F. lui avait dit un jour que, depuis l'effondrement du monde paysan, il y avait quatre fois plus de suicides dans les campagnes que dans les villes.

A propos, Albert F... Seulement lui pourrait l'aider, le conseiller.

— Alors, tu ne peux pas m'avancer de l'argent sur mes journées que je ferai chez toi ?

— Non, voyons...

— Et sur la location de mes terres ?

— Encore moins. Mon pauvre gars, si je dois vendre des vaches pour produire moins de lait, je n'aurai même plus besoin de tes champs. Comment te débrouilleras-tu, toi, pour payer ton propriétaire ?

Grégoire étranglé, exaspéré, s'en remit une fois de plus à Albert F. qui lui proposa d'employer les grands moyens.

— Tu iras avec Nathalie t'enchaîner aux grilles de la préfecture. Entre-temps, j'aurai prévenu les journalistes, de manière à ce qu'ils arrivent avant la police.

— Tu crois vraiment...

Grégoire n'aimait guère les excentricités. Il craignait d'être ridicule. Et à quoi ça servirait ?

— D'exemple... Pour que les journalistes se déplacent, il leur faut du spectacle. Les suicides, ça ne les intéresse plus. Il y en a trop. Et puis, les photos de pendus, ça la fout mal. Tandis que toi et ta femme, jeunes et beaux comme vous êtes, enchaînés comme des forçats, je te jure qu'on en parlera.

Nathalie n'était pas contre. Elle redoutait seulement des ennuis avec l'Education nationale. Ce n'était pas le moment de perdre son emploi. Finalement, ses collègues syndiqués se portant garants de leur soutien, ils partirent tous ensemble, de bon matin, dans plusieurs voitures bondées. La place de la préfecture était encore déserte. Nathalie et Grégoire furent exagérément bardés de grosses chaînes attachées aux barreaux du portail d'entrée des bureaux et bouclées avec des cadenas. Par là même, les employés, empêchés de pénétrer dans leur administration, deviendraient les premiers spectateurs de la représentation.

Comme l'avait prévu Albert F., la presse rappliqua à temps, presse locale, correspondants des grands quotidiens nationaux, radio, télévision... Les fonctionnaires de la préfecture, amusés, se tenaient en demicercle devant les grilles. Arrivèrent un peu plus tard les chefs de bureau qui crurent de leur devoir de protester, de prendre de grands airs devant les journalistes interrogateurs ; puis les gros bonnets qui appelèrent la police municipale.

Grégoire et Nathalie, d'abord anxieux, perdaient leur timidité et jouaient leur rôle de martyrs avec le plus grand naturel. D'autant plus que Nathalie était encouragée par ses collègues instituteurs venus nombreux pour la soutenir.

Les agents de police demandèrent les clefs des cadenas, ce qui mit tout le monde en gaieté. Ils s'acharnèrent à essayer de dénouer les chaînes. Pendant ce temps, Grégoire et Nathalie étaient téléfilmés, interrogés par les radios, photographiés pour les journaux. Albert F., lui, juché sur une caisse, tenait un meeting par lequel il expliquait comment « le capitalisme » poussait les producteurs de lait au suicide.

A travers la foule, massée peu à peu sur la place

de la préfecture, la voiture de la gendarmerie se fraya un passage. Moins débonnaires que les agents de ville, les gendarmes exigèrent les clefs des cadenas, tempêtèrent et finalement réquisitionnèrent un serrurier qui lima les chaînes.

Libérés, Grégoire et Nathalie furent portés en triomphe sur les épaules des paysans et des instituteurs qui les fêtèrent comme des héros.

Le lendemain, ils devinrent en effet des héros nationaux, Jacquou le Croquant et sa Dame. L'administration ne leur effaça pas les pénalisations, mais accepta de les échelonner et la laiterie, priée de payer son dû, conserva néanmoins le montant des excédents qui disparaissait au profit d'on ne sait qui.

Le jeudi après-midi, à trois heures moins cinq, Karine baguenaudait devant la bijouterie. La promesse de Jean-François l'intriguait. Elle se demandait comment il parviendrait à lui acheter une bague aussi onéreuse. Bien qu'en avance, elle se persuada très vite qu'il lui avait posé un lapin. Qu'il se soit joué d'elle le lui faisait considérer avec plus d'intérêt. Il n'était donc pas si gourde qu'il en avait l'air. A elle d'être attrapée à son tour. Bien fait. Elle regarda sa montre. Seulement trois heures dix. Après tout, il pouvait avoir du retard, bien que dans leurs précédents rendez-vous c'était toujours lui qui attendait. Elle observa plus attentivement la bague choisie. Le diamant lui parut bien maigrelet, une tête d'épingle. Pourquoi n'avait-elle pas désigné plutôt ce pendentif ? Non, tout cela était absurde. Il se moquait d'elle. L'énervement, puis la colère, la gagnaient. Elle se reprochait d'obéir à ce bouseux, de se trouver là, à l'heure, et de l'attendre comme une conne. En même temps, cet étalage de dorures, de scintillements, de pierreries la fascinait. Elle restait figée, un peu béate, à contempler tous ces menus objets, avec leurs étiquettes où se lisaient les prix, des prix énormes pour elle qui ne gagnait rien.

Un coup de frein, des pneus qui grincent sur le bitume, Jean-François calait sa moto le long du trottoir. Il prit de nouveau Karine par le poignet et l'entraîna dans la bijouterie, sortit de sa poche une liasse de billets, paya. Elle glissa le bijou à son doigt.

Dans la rue, elle regardait sa main, la faisait tourner pour contempler l'anneau et la pointe de diamant sur toutes ses faces. Jean-François ne disait rien, heureux dc la voir émerveillée. Elle se laissa alors aller à un de ses rares élans d'affection et l'embrassa furtivement sur la joue. Puis ce fut elle qui, à son tour, le prit par le poignet et l'entraîna vers sa chambre.

Patrick, attendri par Jean-François, lui avait avancé la grosse somme qu'il lui demandait. Il faut dire que, à son attendrissement, se mêlait aussi le calcul qu'il détiendrait ainsi d'une manière plus sûre cette main-d'œuvre incomparable que représentait le jeune homme. Indispensable au moment de l'écimage du maïs, il se rendait par ailleurs toujours disponible dès qu'un coup de main s'avérait urgent.

Donc Patrick avait donné à Jean-François une forte avance de salaire. Il ne lui posa pas de question sur la destination de cet argent. Rien d'étonnant qu'il ait besoin d'emprunter. Sa superficie cultivable était trop minime pour qu'il obtienne un crédit des banques. Il ne pouvait avoir recours qu'au bon cœur de ses voisins ou plutôt à leur intérêt de le conserver près d'eux.

Aux prêts spéciaux de modernisation, tout à fait minoritaires, Patrick avait dû ajouter des emprunts à court terme, à neuf et douze pour cent, sans parler des agios à dix-sept ou vingt pour cent lorsqu'il se trouvait à sec. En état de survie artificielle, la paysannerie entrait dans le monde de l'instabilité chronique. Patrick donnait l'impression, et se donnait à lui-même l'impression qu'il était un riche entrepreneur, alors que son niveau de vie l'apparentait à un ouvrier des villes. Il avait l'impression de détenir un pouvoir de décision et de responsabilité, refusant d'admettre que toutes les décisions se prenaient à Bruxelles ou à la FNSEA. L'illusion qu'ils étaient des chefs d'entreprise perpétuait chez tous les agriculteurs une idéologie sur laquelle s'appuyaient les eurocrates, les agronomes, les énarques parisiens, pour obtenir d'eux un surtravail non rémunéré. Ces derniers ne pouvaient pas empêcher (d'ailleurs, ils se gardaient bien d'empêcher) que sporadiquement explosent des manifestations et, caressant le paysan dans le sens du poil, ils exploitaient sa vocation terrienne.

Car tous s'accrochaient désespérément à leur métier avec la certitude qu'il leur était impossible d'en exercer aucun autre. Non pas impossible faute de qualification puisqu'ils accumulaient au contraire les savoir-faire : la mécanique, l'agronomie, la gestion, l'électronique ; mais impossible parce que leur vocation s'imposait là, dans cette passion d'élever des animaux, de remuer la terre, de la labourer, de la herser, de l'engraisser par de la marne et des fumures, de l'ensemencer. Comme Grégoire pendant ses brefs jours de vacances, dans le Sud, ne regardait que les vaches et la manière dont les prairies artificielles assuraient leur germination, Patrick, lorsqu'il s'offrait un congé avec Isabelle, dormait mal. Il rêvait que ses machines n'étaient pas prêtes pour les récoltes, ou qu'elles rouillaient, que les grains pourrissaient dans le sol, qu'un orage hachait son maïs.

Sa production de semences lui donnait pourtant toute satisfaction. Il avait eu tort d'y adjoindre ces usines à poulets, si difficiles à entretenir à une époque de main-d'œuvre rare et peu docile.

Et pourtant le bourg n'était plus désert. Au contraire, une nouvelle population, sans attaches rurales, l'envahissait. Le bourg perdait sa fonction paysanne puisqu'il n'y subsistait que cinq fermes. Pour pallier la désertification du bourg, le maire avait recherché désespérément quelques petites usines qui voudraient bien s'implanter et former une zone industrielle. Mais comme il n'était pas le seul à poursuivre une telle chimère, les zones industrielles manquaient cruellement d'industriels. Et devenaient des terrains vagues où l'on interdisait néanmoins aux romanichels, baptisés « gens du voyage » (terme plus vague, à connotation moins voleurs de poulets), de stationner. Que les gens du voyage voyagent et ne nous cassent pas les pieds !

Plus chanceux que le plus grand nombre de ses collègues, le maire (le nôtre) réussit néanmoins à convaincre une fromagerie de s'installer. Ce qui, bien sûr, n'était d'aucun recours pour les producteurs de lait qui n'avaient absolument pas le droit d'écouler leur traite aussi près de chez eux. Par contre, avec les ouvriers et ouvrières qui arrivèrent pour travailler à la fromagerie, le village se mit à renaître. Non pas en son centre, qui continua sa désertification, mais sur son pourtour où se construisirent hâtivement d'autres pavillons préfabriqués. Comme ces ouvriers et ouvrières avaient des enfants, on rouvrit l'école. Toutefois Nathalie dut garder le poste qui l'éloignait de chez elle, cependant que, de l'autre bout du département, on déplaçait une institutrice auxiliaire.

Dans ce contexte, l'existence de Jean-François était une chance pour les cinq agriculteurs en activité. Chacun l'appelait pour un remplacement, une garde, un travail d'appoint. On comprend que Patrick n'avait pas hésité à lui prêter l'argent qu'il lui demandait. S'il avait su quel usage il voulait en faire, sans doute eût-il cherché à l'en dissuader. Mais les choses sont comme elles sont. Qui ne se trompe pas ? Qui ne s'égare pas ? Patrick lui-même, aussi bon gestionnaire qu'il fût, s'était fourvoyé en se lançant dans cet élevage intensif de poulets. Ses quatre-vingt-dix mille poulets lui parurent un investissement énorme et il s'apercevait maintenant qu'il aurait dû voir plus grand. Plusieurs de ses collègues avaient d'ailleurs abandonné et leurs bâtiments ressemblaient, dans les ronces et les arbustes qui, peu à peu, les envahissaient, à des usines mortes. Les investissements, les subventions, tout cela n'avait servi à rien.

Albert F., ah ! oui, toujours Albert F., cet emmerdeur, ne lui avait-il pas claironné que l'industriel allemand Pohlmann se proposait d'implanter en Champagne un poulailler pour cinq millions de volailles ! Et que le plus grand de tous les poulaillers, aux Etats-Unis, dans l'Ohio, contenait neuf millions de poules pondeuses ! Tous ces chiffres affolaient Patrick. Albert F. lui avait montré des brochures syndicales qui affirmaient que dix poulaillers de cinq millions de pondeuses suffiraient pour approvisionner en œufs toute la France. Dix producteurs seulement pour les œufs ! Et combien pour les porcs ? Alexis Gourvenec ne venait-il pas d'acheter quatre cents hectares en Gironde dans le but d'accroître ses « maternités » à cinq mille truies ?

Dans l'un et l'autre cas, heureusement, les militants syndicaux avaient fait échouer ces projets, suscitant un vote au Parlement qui restreignit en catastrophe le chiffre maximum de poulaillers à trois cent mille pondeuses. Trois cent mille, Patrick était loin du compte. Il prenait la mesure de ses limites, désenchanté. Et à lui, le céréalier, si fier de ses épis dorés au soleil de juillet, les Cassandre de l'agriculture ne soutenaient-elles pas que, dans l'avenir, le Bassin parisien pourrait produire tout le blé, et trois départements bretons tous les animaux comestibles. Dix pour cent du territoire français mis en culture nourriraient tout le pays.

Patrick voyait la carte de France comme une peau de chagrin qui se rétrécissait, ou plutôt, sur cette carte de France, les taches vertes de l'agriculture devenaient de plus en plus petites, s'effaçaient progressivement et la friche envahissait le reste, mangeait les labours, les prairies, les plantes, les fermes, le dévorait lui-même, dévorait Isabelle et leurs deux enfants qui ne sauraient pas cette joie de voir se remplir de grains un épi de maïs.

Antoine, en vieillissant, ressemblait étonnamment à son père. De plus en plus maigre, de plus en plus sec, de plus en plus indifférent aux convulsions du monde. Son métier de berger avait accentué son caractère sauvage. Mais c'était un sauvage gentil, toujours prêt à offrir les champignons qu'il trouvait. Sa lente marche à la recherche d'herbes folles, allait à l'inverse de la marche de l'univers. Il prenait son temps. Ou plutôt son temps n'avait pas d'horloge. Seule la faim de son troupeau rythmait sa démarche. Toutefois cette démarche, cette marche devenaient difficiles. Dans les chemins qui n'étaient plus creux, les moutons souffraient de ne pouvoir se reposer à l'ombre. Et ces chemins, que ne bordaient plus des haies, ne limitaient pas le trajet du troupeau qui avait une fâcheuse tendance à se ruer dans les champs cultivés. Antoine et son chien se démenaient comme dix pour que le troupeau récalcitrant avance droit. Malgré tous leurs efforts, ils n'arrivaient pas à empêcher que les brebis occasionnent parfois des dégâts en bordure des cultures, confondant le blé en herbe et l'herbe vulgaire. Ceux qui avaient accepté cette extravagance d'Antoine, berger en plein pays de cultures intensives, parce qu'il était le fils du

Vieux Paul, avaient tous rejoint le Vieux Paul dans le cimetière de la commune. Quant aux nouveaux, à leurs successeurs, les contemporains de Grégoire et de Patrick, dès qu'ils apercevaient, du haut de leur tracteur, la silhouette bleue d'Antoine, son bâton sculpté, son chien et ses moutons, ils s'énervaient. L'anomalie que constituait le berger se glissant humblement dans leurs productions industrialisées les agaçait. Certains effectuaient un détour pour éviter de le rencontrer. D'autres le houspillaient, l'accusaient d'entraver le chemin, de les retarder. Les moutons, peureux, impressionnables, qui paniquaient aux bruits insolites et même à l'agitation confuse, cohabitaient mal avec cette agriculture mécanisée qui les entourait. Leur mémoire visuelle et auditive s'en trouvait perturbée.

La faculté d'adaptation d'Antoine était grande, mais pas infinie. Il se rendit compte que son métier devenait impraticable. Les engrais chimiques rendaient la fumure naturelle des champs inutile. Plus besoin de moutons pour engraisser les terres de leurs déjections.

Et en même temps, il lui aurait fallu un plus grand troupeau pour tenir le coup : cinq cents brebis pour gagner l'équivalent du SMIC. Il n'en possédait que deux cents et ne repérait que des parcelles incultes de plus en plus étroites qui ne suffisaient plus à les nourrir. Ne sachant à quel saint se vouer, il eut l'idée saugrenue de sonner à la grille du château où le comte de X. se faisait oublier, ne recevant personne et ne sortant pratiquement jamais de son parc où il demeurait invisible derrière les hauts murs de la propriété. Le comte de X., propriétaire de la plupart des sols du canton, percevait ses fermages sans avoir à les réclamer. Les agriculteurs auxquels il louait ses terres lui envoyaient régulièrement des chèques, sans jamais le rencontrer. Il était pour eux aussi anonyme que le percepteur. C'est chez le comte de X. que le Vieux Paul avait été jadis valet de ferme, puis métayer. Antoine se référa à ce passé pour se présenter au châtelain. L'aristocrate oublié dans ses terres et le berger sans pâture sympathisèrent dans leur anachronisme. Tout en conservant leurs distances. Antoine vendit son troupeau pour trois fois rien, abandonna sa fermette et, avec sa femme, habita dans les communs du château. Officiellement jardinier du comte, en réalité homme à tout faire, Antoine retournait aux origines de sa famille.

En offrant cette bague à Karine, Jean-François s'était embarqué sur un dangereux rafiot. Les paysans sont plus riches qu'ils ne le paraissent, se murmurait-elle. Le vieux ragot du bas de laine plein d'écus lui revenait en mémoire. Ses copains l'encourageaient d'ailleurs à se montrer exigeante. Ils se plaignent toujours, lui disaient-ils, en réalité ils sont pleins aux as. Comme l'hiver approchait, elle se lamenta qu'elle n'avait plus rien à se mettre et qu'elle aimerait bien un manteau de fourrure. Jean-François fit le tour de ses différents employeurs, emprunta cinq cents francs ici, cinq cents francs là et ne paya pas la location de la ferme. De toute manière, Grégoire, qui avait dû se résoudre à sacrifier le cinquième de ses laitières pour être en conformité avec les quotas, ne prendrait plus les champs de Jean-François en sous-location. Puisque Jean-François savait qu'il ne pourrait plus acquitter son fermage, autant se dispenser tout de suite de régler le propriétaire et affecter la dernière somme versée par Grégoire à l'achat de ce manteau pour Karine.

Il la voyait maintenant tous les dimanches et si elle finassait encore parfois pour lui refuser l'accès de sa chambre, elle ne lui posait plus de lapins. Le manteau de fourrure (qui n'était pas en lapin, ni non plus en vison, ne rêvons pas !) lui valut quelques tendresses. Il lui en fallait peu pour croire qu'il avait gagné la partie, pour ébaucher des projets de mariage, d'installation en ville. Il s'accrochait à cette citadine, à cette coquette, comme on s'accroche à l'utopie, au bonheur. Pas seulement au lit, lorsqu'elle feignait d'éprouver un plaisir qu'elle ne partageait pas, mais lorsqu'elle regardait sa bague et que ses yeux noisette brillaient, lorsqu'elle s'enveloppait dans la fourrure avec une sensualité animale,

Jean-François s'estimait heureux, bien plus qu'il ne l'avait jamais été avant de la rencontrer. Ce qui le fascinait en Karine, c'était à la fois sa féminité frivole, sa liberté et sa légèreté. Ah ! oui, combien ils pesaient lourd, les gens de la terre, combien elles pesaient lourd les paysannes comme sa mère, toutes voûtées à force de se pencher vers le sol. Les épouses de Grégoire et de Patrick n'étaient pas lourdes. Elles avaient, elles aussi, une élégance de citadines. Mais elles ne travaillaient pas la terre. En réalité, le point de départ de sa dérive venait de la fascination qu'exerçaient sur lui, à leur insu, Nathalie et Isabelle. Il voulait une femme qui leur ressemblât. Il voulait échapper au célibat des paysans pauvres. Il voulait échapper à cette fausse vie de couple : vieux garçon et vieille mère. Karine apparaissait comme une aubaine. Que Karine ne ressemblât pas du tout, en réalité, à Nathalie ou à Isabelle, qu'elle soit même à l'opposé de ces deux femmes sérieuses et travailleuses, n'y faisait rien. Jean-François comprenait que les femmes de l'avenir, pour les paysans, s'identifieraient aux femmes de la ville, qu'elles auraient un métier de femmes de la ville. Karine était une femme de la ville. Elle avait un métier de citadine. Oui, d'accord, pour l'instant elle n'avait pas d'emploi, mais le chômage appartenait aussi à l'univers urbain. Karine le détachait de sa glaise, de sa boue. Près d'elle, il se sentait moins lourd.

L'hiver venu, Jean-François retrouva Karine plusieurs fois chaque semaine. Sa borderie, à l'abandon, lui donnait peu de travail et mis à part les étables de Grégoire, qui ne connaissaient pas de temps mort, ses employeurs temporaires ne l'embauchaient pas. Il arrivait à la sous-préfecture, sur sa vieille moto, souvent trempé, ou transi.

— Tu es le seul à ne pas avoir de voiture, lui disait Karine. Tu ne vois pas que tu es ridicule avec ta bécane. Tu peux quand même bien t'acheter une auto !

— Moi, j'aime bien ma bécane.

— Si tu avais une voiture, on irait en vacances à la montagne. Les sports d'hiver, tu ne sais pas ce que c'est, je parie.

— Et la télé, qu'est-ce que tu en fais ? On n'y voit que ça. La montagne, la montagne... Non, c'est trop loin.

— Trop loin avec ta bécane. Pas avec une voiture.

Semaine après semaine, elle s'acharna pour qu'il achète une auto. Sans succès. Bizarrement, alors qu'il lui cédait sur tout, il s'obstina à lui refuser une acquisition certes très au-dessus de ses moyens, mais dans l'entêtement qu'il mettait à vouloir conserver sa vieille moto, cette vieille moto avec laquelle il avait emmené Karine à la mer, cette vieille moto qui le ramenait tous les dimanches sur la place du champ de foire, intervenait une certaine superstition. La moto était un lien entre Karine et lui. S'en séparer risquait de briser le lien. Et cette voiture qu'elle convoitait le faisait basculer dans un autre monde qui l'effrayait quand même un peu.

Puisqu'il refusait l'auto, Karine entreprit de le convaincre de partir en vacances avec elle ; d'aller aux sports d'hiver. Après tout, il n'était pas obligatoire de s'y rendre en voiture. Il existait des voyages organisés, en autocar, auxquels on pouvait s'inscrire. Il suffisait de payer.

Jean-François paya. C'était la première fois qu'il prenait des vacances. Le voyage en autocar l'enchanta. Par contre, la montagne lui parut extravagante, avec ces murailles neigeuses, étouffantes, ce ciel gris et ces nuées de skieurs qui glissaient sur les pentes comme des insectes bigarrés. Karine voulut des leçons de ski, s'amusa beaucoup à tomber, à s'asperger de poudre blanche. Jean-François la regardait avec ravissement. Il ressentait une impression exaltante de décoller vraiment de sa condition servile, de se libérer, avec cette jolie fille, de la glèbe, des labours, de la misère ancestrale ankylosante. De plus, Karine ne le quittait plus. Toute la journée, toutes les nuits, elle était à lui, comme s'ils étaient mariés. Il se persuadait qu'à son retour dans l'Ouest, rien ne serait plus pareil, que la vie dont il rêvait pourrait enfin commencer.

Bien que Grégoire ait dû réduire son troupeau depuis l'instauration des quotas laitiers, il n'en continuait pas moins à se lever à cinq heures du matin et à travailler dans ses étables jusqu'à huit heures du soir. Il n'en continuait pas moins à mettre le réveil à sonner toutes les deux heures pendant les périodes de vêlage. Nathalie l'accompagnait souvent la nuit, l'aidant à l'accouchement des veaux. Et parfois le petit Damien, réveillé par les sonneries, apparaissait à la porte de l'étable, tout bouffi de sommeil. Nathalie l'empoignait en riant et le ramenait dans son lit.

Le mercredi, le dimanche, où son métier d'institutrice la laissait libre, elle secondait son mari, à la fois comme gestionnaire et comme agricultrice. Pour compenser sa perte de revenus dans la production laitière, Grégoire s'était lancé dans l'élevage de génisses et de taurillons dont la viande était plus appréciée désormais que celle du bœuf, trop rouge.

Grégoire et Nathalie ne comprenaient absolument pas cette aversion pour la viande rouge qui s'emparait des consommateurs.

— Autrefois, disait Grégoire, ils ne voulaient que du bœuf, du bien saignant. Il paraît même que, dans les villes, certaines gens se rendaient le matin aux abattoirs pour boire du sang frais.

— C'est le poulet qui leur a donné le goût du blanc, répondait Nathalie. Ils veulent du veau aussi blanc que de la chair de poule. Le sang les effraie. Tu verras qu'on finira par nous demander de produire du bœuf sans sang. Les chimistes trouveront bien le moyen d'infiltrer du lait, ce lait dont on ne sait plus quoi faire, dans les veines des bovins.

Grégoire regardait ses vaches, toutes pareilles, noires et blanches, sans cornes, de petite taille mais avec des mamelles énormes. Il pensait à son père qui lui vantait les robustes parthenaises, grandes, osseuses, mais qui retenaient leur lait. Peu de temps après la mort du Paul, Grégoire vendit les deux parthenaises conservées par son père et Nathalie cuisina le coq et ses poules. Pourquoi avoir opté pour des vaches aussi intarissables alors qu'on devait réduire leur production ? Pourquoi avoir éliminé la presque totalité de ces deux cent cinquante races bovines qui perpétuaient la diversité des troupeaux européens, pour n'en garder qu'une quinzaine, et pour ne plus en préserver bientôt que deux, la frisonne pour le lait et la charolaise pour la viande ? Guillaume et Nathalie ressassaient ces questions sans y trouver de réponses satisfaisantes. Ils avaient de plus en plus la certitude d'être menés en bateau par un capitaine ivre. Tout s'avérait absurde. On réduisait les troupeaux de vaches, et on augmentait les troupeaux de chèvres. Albert F. et même Jean-François commençaient à gagner de l'argent avec leur lait de chèvre. Un comble ! On élevait jadis des chèvres quand on était trop pauvre pour élever des vaches. La chèvre était l'animal du paysan miteux. Et maintenant Albert F. les narguait tous, avec ses chèvres. En dix ans, le cheptel caprin avait augmenté de cinquante pour cent. Quelle gifle ! Quelle humiliation !

Albert F. n'avait rien d'un revanchard. Qu'il lui arrivât néanmoins de sourire d'aise se comprend. Mais il n'en abusait pas. Il disait seulement à Grégoire, à Patrick, à tous leurs semblables :

— Je vous ai souvent interrogés : Faut-il tuer les paysans traditionnels pour mieux s'en sortir ? Vous ne répondiez rien. J'entendais, moi, que vous pensiez oui. C'était pas beau. C'était méchant. Mais vous serez pardonnés, car si le paysan traditionnel semble tout à coup mieux s'en sortir, ça ne durera pas. Vous et moi, vous comme moi, nous sommes condamnés à disparaître. Mais oui, mais oui, ne protestez pas bêtement. Après 1945, dans un pays ruiné, en proie aux restrictions alimentaires, on a demandé aux paysans d'en foutre un sacré coup. Souvenez-vous, on a demandé la même chose aux mineurs. Il fallait du blé, de la viande, du lait, en abondance, mais il fallait aussi du charbon. Les mineurs se sont crevés sous terre à extraire de la houille et quand ils ont accumulé suffisamment de grands tas on leur a dit : « Merci beaucoup. Rentrez chez vous. On n'a plus besoin de mineurs. Les mines ne servent plus à rien. Elles coûtent trop cher. Vous n'êtes pas rentables. Le charbon c'est fini. »

Et avant la disparition des mineurs, il y avait eu celle des tisserands. Tous les villages, tous les bourgs, toutes les villes regorgeaient de métiers à tisser. Disparus, tous ! Les petits artisans, les petits commerçants, tous disparaissent, les uns après les autres, lentement, sans bruit. Alors pourquoi voudriez-vous que nous ne disparaissions pas, nous, les hommes de la terre, comme les hommes du charbon ont disparu, comme les hommes du fil ont disparu.

L'angoisse qui saisissait le monde rural poussait les agriculteurs à se réunir de plus en plus souvent. Dans chaque ferme, le lieu de réunion des hommes (des hommes seuls, encore !) était le cellier. Il y faisait frais. Une odeur aigre de vin emplissait la pièce. De la barrique en perce on emplissait les verres. On restait debout, le verre à la main, et on discutait.

Maintenant qu'on les accusait de produire trop, ils se laissaient aller à réfléchir. Ils reprenaient goût à ces réunions dans les celliers qu'aimaient tant leurs pères. Et, bizarrement, alors qu'ils avaient abandonné depuis longtemps ce terme de paysans qui leur était souvent envoyé comme une injure, se disant cultivateurs, ou agriculteurs, voilà qu'ils le réutilisaient, qu'ils s'en servaient comme d'un drapeau.

Dans ces réunions amicales, Albert F. tenait évidemment une part très active. C'était le plus bavard, alors que Grégoire était le plus silencieux. Le plus silencieux et le plus interrogatif. De ses questions découlaient souvent de longues discussions. Quant à Patrick, on le voyait peu. Albert F. disait :

— Bah ! Lui, ce n'est pas un paysan, c'est un industriel. Seulement qu'il prenne garde. Pas assez gros pour disposer d'une marge de manœuvre, comme tous les « moyens », un jour il sera piégé lui aussi par sa spécialisation, ses investissements, ses endettements. Il faudra, pour s'en tirer, qu'il produise encore plus. Le laminage de ses revenus ne le lui permettra pas.

— Mon père, disait Grégoire, se persuadait que le paysan durerait toujours, que le monde aurait toujours besoin de paysans, parce que le paysan conservait des valeurs éternelles.

— Ah ! le vieux Châgneau ! s'exclamait Albert F., le cher Vieux Paul... Il ne s'apercevait pas que notre monde ne forme plus des citoyens, mais des producteurs. Qu'est-ce qu'une société de producteurs peut bien foutre de valeurs éternelles ! Et puis, n'avons-nous pas trahi, nous-mêmes, ces valeurs éternelles ? Le paysan, réputé pour son respect des lois de la nature, se trouve accusé aujourd'hui d'être un pollueur. Nous avons empoisonné tous nos puits, tous nos ruisseaux, tous nos étangs. Il n'y a pas de quoi crâner. Sans doute fallait-il industrialiser l'agriculture, afin de nous délivrer de travaux harassants, de produire mieux, à moins cher. Le drame est que l'industrialisation de l'agriculture, sur le mode capitaliste...

— Ça y est ! Le voilà qui nous ressort le diable capitaliste ! Tu repasseras, avec tes slogans !

Dès que Albert F. prononçait le mot « capitalisme » tous ses interlocuteurs rigolaient. Ils se renvoyaient le mot comme un ballon d'enfant. Albert F. n'avait pas tort, mais il avait le tort d'employer souvent un vocabulaire usé. Déformation politique qui aboutissait à ce qu'on ne le prenne pas toujours au sérieux. Malheureusement. Malheureusement, parce qu'il voyait juste. Il disait :

— Les agriculteurs les plus performants ne peuvent pas servir de modèles à tous les autres. La FNSEA, au nom de l'unité paysanne, nie l'existence de plusieurs agricultures. Comme si le paysan polyculteur du Berry avait les mêmes intérêts qu'un céréalier de la Beauce ou un betteravier du Nord. Aveuglés par le productivisme américain, nos agronomes ont prôné un modèle unique de production pour nous tous, alors qu'en France il existe plus de deux cents types de sols, contre deux ou trois aux Etats-Unis. On laisse s'installer de jeunes paysans alors qu'on les sait parfaitement condamnés à terme. On leur fournit des études prévisionnelles truquées en surestimant les investissements et les cycles de production trop longs : un an pour le blé, trois ans pour le bœuf. Le travail de la terre était un travail de lenteur. On a mis la charrue devant les bœufs... Oui, c'est bien ça, on a laissé tomber les bœufs qui marchaient au rythme naturel du travail des champs et on a accroché la charrue à un tracteur. En avant toutes... On ne conduit plus la charrue. On court devant, effarés, comme si ses lames nous mordaient les fesses. Et pendant ce temps-là, en Europe, chaque minute une ferme disparaît.

— Tu parles bien, dit Grégoire. Tu parles trop bien. Tu sais toujours nous entraîner dans des manifs qui, finalement, ne servent à rien. Je t'ai suivi à Paris. Je t'ai suivi chaque fois qu'il fallait aller jeter du purin sur la sous-préfecture, mais en fin de compte je m'aperçois que dans toutes ces manifs nous sommes les petits soldats des nouveaux seigneurs : les dirigeants du Crédit agricole, des chambres d'agriculture, des coopératives, des syndicats... Nos manifs ne servent qu'à préserver les intérêts de ceux qui nous ont mis au cou la corde de Louis le Suicidé.

6

Lorsque les deux employés de l'agence rurale du Crédit agricole virent entrer Jacques Chirac dans leur bureau, ils eurent un moment de stupeur, suivi d'incrédulité. Ils n'étaient que deux, derrière le comptoir, le caissier et la dame qui recevait les chèques. Alors que l'homme s'avançait vers eux, elle dit à mi-voix à son collègue :

— Mais c'est le ministre de l'Agriculture en personne !

— Monsieur Chirac n'est plus ministre de l'Agriculture depuis plusieurs payes, répondit le caissier, agacé.

En même temps, il fixait leur étonnant visiteur, maintenant tout près de lui, et il aperçut le canon d'un revolver qui le braquait. Par un réflexe conditionné par tant de séquences vues à la télévision, il plongea les deux mains dans le tiroir-caisse, en sortit une liasse de billets et la tendit à monsieur Chirac qui, sans remercier, détala.

La nouvelle, on s'en doute, fit la une des journaux locaux. Bien que les journalistes fussent habitués à ce que les hommes politiques détournent des millions, lorsque ce ne sont pas des milliards (en anciens ou en nouveaux francs, on s'y perd !) et que cette collusion (ou collision) du pouvoir politique et du pouvoir financier fût entrée dans les mœurs, leur manière de soutirer de l'argent est en général moins directe. La presse se gaussa du caissier et de sa collègue qui continuaient à affirmer qu'ils avaient bien reconnu monsieur Chirac. Les trois cent mille francs dérobés constituaient d'ailleurs une somme trop minime pour justifier un hold-up par un ancien Premier ministre.

Quoi qu'il en soit, cet événement arrivait à point pour égayer un peu une région de plus en plus attristée. La fromagerie, qui avait suscité une relative renaissance du bourg, ne se trouvant pas en conformité avec les normes européennes, dut fermer. Le maire s'évertua en vain à essayer de sauver cette seule industrie fournisseuse d'emplois constants dans la région, rien n'y fit. La sous-préfecture, la préfecture, le Conseil général, les ministères, alertés à leur tour, se déclarèrent impuissants face aux diktats de Bruxelles. Le directeur de la fromagerie eut beau offrir aux analyses le lait qu'il employait et démontrer l'hygiène de ses installations, il n'en restait pas moins que les bâtiments ne répondaient pas à des normes européennes fixées on ne savait par qui, ni comment ni où. Les ouvriers eurent beau se mettre en grève, défiler avec des pancartes, occuper l'usine, jurer qu'on ne les expulserait que par la force, on les prit au mot et on les expulsa par la force. Le grand bâtiment tout neuf de la fromagerie fut abandonné. Et dans la banlieue pavillonnaire que le personnel avait fait construire, ce personnel arrivé d'ailleurs et désormais prisonnier de son endettement auprès des promoteurs immobiliers, on vit rôder une population découragée, abattue, se laissant glisser dans l'oisiveté d'un chômage offensant.

Du haut de son tracteur, traînant ses herses, ses semoirs, ses socs, ses bennes, Patrick, lorsqu'il passait dans le vacarme de son moteur, entre la désolation des maisons « Mon Rêve », ressemblait assez au seigneur, dans son bel équipage, qui jadis paradait devant les chaumières des manants. Se jucher sur quelque chose accentue la tendance à se prendre pour un être supérieur. L'homme politique à sa tribune, le curé dans sa chaire, le professeur sur son estrade, le chef d'orchestre à son pupitre, tous, en dominant, dominent. Patrick dans sa cabine climatisée, les écouteurs de son autoradio aux oreilles, manipulant ses manettes, appuyant sur les boutons de son système électronique, ne savait pas qu'à

Bruxelles se tramait une nouvelle conjuration contre les hommes de la terre. Certes, il se tenait haut perché dans sa cabine métallique ajustée à d'immenses roues de caoutchouc, et une partie de son exploitation se situait « hors-sol », comme lui sur son tracteur, mais il dépendait néanmoins du sol pour ses semences, pour son maïs, pour son blé. Et ce que les eurocrates venaient d'inventer n'était pas piqué des vers : puisque le chômage représentait l'une des grandes réussites de la société industrielle, ils avaient décidé de mettre aussi les terres au chômage.

Après les quotas laitiers, les jachères obligatoires !

Dans le maniement des paires de claques, les eurocrates étaient passés maîtres. Lorsqu'ils instituèrent les quotas laitiers, les céréaliers sentirent le courant d'air mais, se croyant privilégiés, ne mouftèrent pas. Maintenant que les éleveurs avalaient leur pilule, les eurocrates lançaient une nouvelle contrainte qui visait directement les céréaliers : le gel de quinze pour cent de leurs terres cultivables.

Laisser quinze pour cent de ses terres en friche, Patrick, à son tour, ne comprenait pas ! Cette mesure lui paraissait à la fois offensante et stupide. Elle allait à l'encontre de tout le fondement de la vie paysanne, faite d'une lutte incessante contre la nature, d'une avidité de produire des biens consommables, en maîtrisant cette nature qui redevenait si facilement sauvage. Pour tout paysan, un beau champ signifiait un champ cultivé, sans mauvaises herbes, avec des sillons bien droits. Tous les efforts de la paysannerie, de siècle en siècle, tenaient dans une volonté farouche de défricher. C'est pourquoi ils s'étaient si facilement coincés dans le piège du remembrement. Détruire des haies, arracher des arbres, combler des fossés participait de cette obsession du défrichement qu'ils avaient dans le sang. Rien ne les exaspérait plus qu'un champ inculte. D'ailleurs, toutes les lois ne se dirigeaient-elles pas dans leur sens ? En 1916, ne prévoyait-on pas de réquisitionner, jusqu'à la fin des hostilités, les terres des propriétaires ou des exploitants qui, « insouciants de leur devoir, les laissaient en friche » ? Et plus récemment, dans les années soixante, tout propriétaire qui, pendant cinq ans, ne cultivait pas ses terres, voyait celles-ci réquisitionnées par le tribunal et allouées à un agriculteur.

C'est le monde à l'envers, se disait Patrick. De regarder ce monde à l'envers lui donnait le torticolis. Il avait été éduqué pour produire. Dès le lycée agricole, le credo de la productivité à tout prix l'avait guidé. Il ne savait rien faire d'autre que produire et maintenant l'Etat ne parlait que de restrictions. Tellement secoué par cette histoire de jachères, il en restait hébété, n'ayant plus le goût au travail. Fort heureusement, il était marié à une infirmière. Isabelle le calma avec des tranquillisants, puis le dopa avec des antidépresseurs, lui redonna le sommeil avec du Temesta. Comme les animaux de Grégoire, grâce aux analgésiques, aux amphétamines, au Tofranil, au Ludomyl, au Valium, Patrick se réinséra, rasséréné, dans ce monde agricole conditionné.

Et, pendant ce temps-là, Jacques Chirac continuait à dévaliser les banques. On remarqua qu'il s'agissait toujours de petites agences du Crédit agricole, situées assez loin les unes des autres, mais toutes néanmoins dans l'ouest des Pays de la Loire. Aussi absurde que cela puisse paraître, tous les caissiers attaqués, tous les clients présents dans les banques au moment du hold-up affirmaient reconnaître Jacques Chirac. Le maire de Paris, qui avait cru d'abord ne pas avoir à répondre à ce qu'il considérait comme une plaisanterie, finit par fournir des alibis. *Le Canard enchaîné* ne laissait-il pas entendre que si Jacques Chirac n'était pas coupable, il pouvait être atteint de kleptomanie. Donc responsable, mais pas coupable. Certains syndicalistes commençaient à soupçonner que l'équipée pseudo-chiraquienne et le comique qui s'ensuivait, en détournant l'attention des vrais problèmes du monde agricole, faisaient avaler la potion des jachères. Opération habilement manipulée. Enfin le caissier d'un Crédit agricole, moins agité que les autres, tout en reconnaissant lui aussi Jacques Chirac dans le client qui pointait sur son front un pistolet noir, s'aperçut qu'il ne s'agissait pas du maire de Paris en personne, mais du Chirac des « Guignols de l'Info ». Le caissier en question avait sur ses collègues l'avantage d'être familier de Canal +. Le dévaliseur de banques portait un masque, le masque de la marionnette qui, chaque soir, aux environs de vingt heures, tenait le rôle de Jacques Chirac à la télévision. Ce nouvel épisode fit rire la France entière et quelques pays limitrophes, fit rire Jacques Chirac lui-même. Contrairement à toute attente, le Chirac des « Guignols de l'Info » n'en continua pas moins à attaquer, avec une périodicité très variable, les agences du Crédit agricole et seulement elles.

C'est alors que le soupçon se porta sur le monde paysan. N'était-ce pas un redresseur de torts qui s'en prenait à la banque exécrée par la paysannerie ? N'était-ce pas (le masque de Chirac le laissait supposer) une manière de manifester, de faire scandale ? Il y avait du Robin des Bois dans ces attaques de banques provocatrices. Mais le Robin des Bois ne partageait son butin avec personne ni ne placardait de manifeste. On se perdait en suppositions, toutes divertissantes. Il est vrai que ce faux Chirac aidait à avaler les jachères. Canal + y gagna de nouveaux abonnés. Et le maire de Paris vit sa cote monter de trois points.

Les jachères, qui assommaient Patrick, frappaient beaucoup moins Grégoire, les prairies étant épargnées par cette mesure malthusienne. Entre éleveurs et céréaliers, les eurocrates jouaient perpétuellement à Jean qui pleure et à Jean qui rit. Lorsque Grégoire pleurait, Patrick se remplissait les poches. Et, aussi surprenant que ce soit, alors que Patrick pleurait sur les jachères, Grégoire en venait à se réjouir des quotas laitiers. En rayant de la carte les deux tiers des producteurs, les quotas (comme le disait en effet Bruxelles) « assainissaient la filiale laitière française ». Les rescapés de l'écrémage voyaient le prix du lait grimper. A leur grande surprise, Grégoire et Nathalie enregistraient des bénéfices, aussitôt engloutis par les arriérés de pénalités qu'ils continuaient à verser au Trésor public, mais ils se sentaient néanmoins dynamisés par ce regain d'activité.

Etrange revirement après les drames des vaches folles, de la vente obligée d'une partie de leur bétail, de leur condamnation à moins produire... Etrange revirement, mais ils n'avaient tenu que par leur obstination à ne pas s'avouer vaincus.

La pièce où Nathalie avait autrefois empiriquement installé sa table de travail, avec les bordereaux de la laiterie d'un côté et les copies des écoliers de l'autre, s'était transformée en bureau fonctionnel. Un ordinateur, un répondeur et, sur les murs, de grandes feuilles de graphiques.

Ils n'avaient pu se libérer des épuisantes veillées

nocturnes lors des vêlages, mais par contre la traite ne leur donnait plus de souci. Un robot, le Diabolo Manus, faisait désormais office de veau et vidait les mamelles en self-service sept à huit fois par jour. Pas de souci non plus pour la nourriture. Un collier codé identifiait chaque animal et mémorisait ses besoins en aliments concentrés. Grégoire se contentait de choisir les rations distribuées par des microprocesseurs.

Les étables de Grégoire ressemblaient donc de plus en plus aux poulaillers standardisés de Patrick, mais il ne s'en rendait pas compte. Peut-être parce qu'une vache est beaucoup plus grosse qu'une poule et que, par là même, il reconnaissait chacune d'elles, qu'il leur parlait, leur caressait la tête. Il croyait lire encore, dans leurs gros yeux, une affectueuse complicité. Ne continuaient-elles pas à mâchonner interminablement leur nourriture pourtant prédigérée, à ruminer dans une douce béatitude. Grégoire ne les imaginait pas malheureuses, ces servantes dociles. Sans doute parce que, lui aussi, avait acquis une mentalité d'esclave. Sa survie, pour l'instant agréable, s'était faite de la mort du plus grand nombre de ses semblables, moins entreprenants, moins costauds. Alors que l'agriculture périssait de ses excédents, il se remettait à en produire, toujours poussé par la perfidie des manitous qui annonçaient le clonage des meilleures vaches, celles de vingt mille litres, ce qui, dans le système désormais bien établi des quotas laitiers, signifiait dans l'avenir trois fois moins de vaches, trois fois moins de pâturages. Les manitous qui poursuivaient la destruction de la plus vieille des cultures, celle du travail de la terre, se voyaient aidés désormais dans leur entreprise de démolition par les paysans eux-mêmes qui s'autodétruisaient.

Antoine, dans son éternel costume de toile bleue, délavée, élimée, rapiécée, remplissait avec une lente application son travail de jardinier dans le parc du comte. Il ratissait les allées, tondait le gazon, nettoyait les rosiers. Sa femme cueillait les fruits, faisait des confitures, balayait les grandes pièces du château. Tous deux s'étaient rapidement adaptés à leurs fonctions de domestiques. A leur minuscule logement dans les communs, ils avaient ajouté un petit enclos grillagé dans lequel picoraient un coq et quelques poules naines. Comme le comte n'acceptait pas que leur chien vagabonde dans le parc, ils durent l'attacher à une niche qu'Antoine façonna grossièrement avec des caisses. Ce chien de berger, habitué aux longues marches, gémissait toute la journée au bout de sa chaîne. Antoine lui disait :

— Mon pauvre vieux, faut t'y faire. Moi aussi, j'ai ma chaîne. Ça ne se voit pas et ce n'est pas l'envie d'aboyer qui me manque, mais faut se faire une raison. Bouche cousue. Bouche cousue, mon chien. Si tu continues à piailler, le patron va te foutre à la porte et nous avec. Du calme, mon chien.

De temps en temps, il le détachait et ils partaient tous les deux dans les bois qui entouraient le château. Le chien se défoulait en courant comme un fou, en jappant à s'en érailler la voix. Antoine aimait beaucoup ces échappées avec son chien. Ils rentraient fourbus, en sueur.

— Tu t'échauffes, disait la femme d'Antoine. On n'aurait pas dû garder le chien. Il te fait trop regretter ton troupeau.

— Mais non, mais non..., protestait Antoine.

Antoine, qui n'avait jamais rien demandé de sa vie, sinon cet emploi de domestique qui lui donnait l'impression d'avoir pris sa retraite, riait jaune en constatant que juste au moment où, obligé de liquider son troupeau parce qu'il ne trouvait plus de terrains pour la pâture de ses moutons, les champs incultes se multipliaient avec les jachères. Il aurait eu maintenant de la place à en revendre. Dans ces jachères, que certains abandonnaient aux broussailles, il voyait apparaître des chèvres, de plus en plus nombreuses. Il avait même eu la surprise de rencontrer Albert F. en chevrier. Qui pouvait penser qu'un jour des troupeaux de chèvres remplaceraient les moutons !

Légalement, rien n'empêchait Antoine de réclamer à son jeune frère sa part d'héritage et de reconstituer un élevage de brebis. Mais jamais il ne lui vint à l'idée de décapiter la ferme des Châgneau. Grégoire succédait au père Paul et tout était bien ainsi. Chacun sa part et la part d'Antoine, cette part de vagabondage qu'il vécut avec ses moutons et son chien, lui paraissait meilleure que celle de Grégoire prisonnier de ses vaches, de ses machines, de ses emprunts. Antoine redevenait domestique, comme son père dans sa jeunesse. Le comte ne l'importunait guère, du moment qu'il accomplissait les tâches qui lui incombaient. Seul ennui, ce pauvre chien qui, lui, ne supportait pas sa chaîne. Antoine ne se plaignait pas, mais il ressentait beaucoup de chagrin pour son chien.

Par compensation, Antoine et sa femme recevaient d'heureuses satisfactions avec leur fils. Ses études achevées, il se dirigea vers un emploi lui permettant de satisfaire ce goût de la nature et du grand air qui fit longtemps craindre à Antoine que son fils ne veuille devenir paysan. Il se spécialisa en effet dans l'entretien des terrains de golf et obtint la gestion de l'un d'eux, dans le Sud-Ouest, un golf de dix-huit trous qui occupait cinquante hectares, soit la superficie d'une ferme moyenne. Cinquante hectares avec seulement de l'herbe à tondre et des trous à déboucher ! Un rêve ! Lorsque le fils d'Antoine leur rendait visite au château, il discutait sans gêne avec le comte. Antoine l'entendit un jour dire :

— Mais oui, cher monsieur (il avait le culot

d'appeler le comte « cher monsieur », à son âge, et avec son père qui...), mais oui, ce qui nous reste à vendre c'est du tourisme. Vous devriez transformer vos fermes en stations de campagne, comme il y a des stations balnéaires ou des stations de sports d'hiver. L'agriculture, c'est fini, le tourisme campagnard commence. Vendre du service, de l'environnement, des fermes-auberges, du gîte rural... Il existe tout un nouveau marché...

Le comte le regardait en souriant, amusé par son bagout.

Il y avait le château, son parc dans lequel déambulait Antoine un râteau sur l'épaule, ses hauts murs mangés par le lierre, éboulés en certains endroits, sa couronne de bois sombres ; il y avait le château anachronique dans son isolement, dans sa décrépitude (la femme d'Antoine passait son temps, les jours de pluie, à se balader dans les salons et les chambres, avec des seaux qu'elle plaçait sous les gouttières) ; il y avait le château et le comte, que tout le monde oubliait, vestiges d'un passé révolu, et il y avait le bourg qui ne ressemblait plus à un bourg, mais plutôt à une sorte de banlieue qui, détachée d'une ville invisible, serait partie à la dérive.

Une nouvelle fois, en effet, le bourg se transformait. Vidé d'abord par l'exode, puis réanimé par les ouvriers de la fromagerie, il s'était peu à peu rempli d'une population refluant de la préfecture et d'autres villes populeuses du département : chômeurs, RMIstes, paumés, qui pensaient pouvoir vivoter en cultivant un bout de jardin ou en trouvant du travail saisonnier. Très vite, les besognes qui leur furent proposées leur parurent trop dures, trop contraignantes. Ils regardaient ces cinq ou six survivants de la vieille culture paysanne qui s'affairaient comme des dingues, poussant leurs tracteurs à pleins gaz, traînant d'énormes machines, comme des phénomènes de cirque. Et les paysans regardaient ces marginaux, ces zombies, avec non moins de stupeur. Ils renoncèrent vite à les employer, car leur maladresse, leur lenteur, leur propension à la contradiction constituaient plus une charge qu'une aide. Chacun campa donc sur ses positions, en regardant l'autre de travers.

Les premiers arrivés, c'est-à-dire les ouvriers de la zone industrielle de la sous-préfecture et les travailleurs de la fromagerie, dans leur lotissement pavillonnaire, faisaient bande à part. La plupart, eux-mêmes devenus chômeurs, ne savaient plus comment occuper leurs journées. On les voyait néanmoins se réunir dans la cour de la fromagerie fermée, aux murs déjà crevassés par les ronces, et s'appliquer à d'interminables parties de pétanque.

Les nouveaux venus, eux, envahissaient les corps de ferme abandonnés, les échoppes bancales des artisans, les magasins aux volets clos. Ils s'y installaient en amenant avec eux leurs habitudes citadines, transformant ces demeures rurales en espèces d'HLM, les dépeçant, les subdivisant en lots, démolissant des cloisons, en élevant d'autres avec de vieilles planches récupérées dans les hangars. Si bien que le centre du bourg ressemblait maintenant à ces excroissances de banlieues pauvres, où tout va de guingois.

Peut-être, dans ce chaos, le bourg retrouvait-il une animation qu'il devait avoir eue cent ou deux cents ans plus tôt, avec cette même abondance de marmots, de couples très jeunes, bruyants, volubiles. A la différence que cent ou deux cents ans plus tôt, tous les hommes remplissaient un emploi. Quoique, si personne n'avait l'air de travailler, si personne n'exerçait un métier, un certain nombre d'entre eux se procuraient des occupations et des sources de revenus.

Comme ces occupations étaient illicites, elles se déroulaient d'une manière clandestine, au fond des hangars barricadés, dans les arrière-cours, à l'abri des regards curieux. Ces travailleurs de l'ombre se méfiaient de ces cinq ou six paysans qui n'appartenaient pas à leur monde et auxquels ils attribuaient, bien à tort, la prétention d'être propriétaires du bourg. Parce que ceux-ci l'habitaient avant eux et qu'ils les croyaient à la fois prétentieux et riches, ils ne se lièrent qu'avec un seul homme du pays, aussi miteux qu'eux il est vrai : Jean-François.

Jean-François, on le sait, n'habitait pas le bourg,

mais il y arrivait souvent avec sa moto, accompagné de Karine. En réalité, c'est Karine qui l'avait introduit chez ces banlieusards. Elle connaissait certains d'entre eux on ne savait d'où. Jean-François, heureux de se faire des copains, passait toutefois beaucoup de temps à la sous-préfecture où il vivait avec Karine. Il l'avait installée dans un logement confortable, près de la mairie. Ainsi avait-il l'impression d'être devenu son mari et d'habiter en ville. Il devait néanmoins rejoindre souvent la borderie et sa mère, gratter, bêcher la terre, couper de l'herbe pour les chèvres. Quelle corvée ! Avec, en plus, les jérémiades de la veuve lui reprochant de la délaisser pour une gourgandine, et poussant des cris parce que le propriétaire menaçait d'envoyer l'huissier puisque le fermage n'était toujours pas payé.

Jean-François ne répondait pas, enfourchait sa moto et filait au bourg. Les vieux paysans retraités, assis sur des bancs devant leurs maisons, ces vestiges de l'ancien monde le regardaient passer avec désapprobation. Le Louis avait eu raison de se pendre, disaient-ils entre eux ; il aurait été si amer de voir son fils fricoter avec des fripouilles.

Jean-François se glissait derrière les bâtiments, par des venelles qu'il pratiquait depuis toujours. Il faisait le tour de ses nouveaux amis. L'un d'eux, qui avait réussi à capturer une laie pleine, élevait des sangliers dans une ancienne écurie barricadée. Un boucher de la sous-préfecture vendait ces marcassins bien gras. Jean-François s'était en effet arrangé avec Patrick pour le débarrasser de ses poulets malades. Il les jetait aux sangliers qui les déchiquetaient vivants. L'odeur des déjections porcines et des carcasses de poulets mutilés atteignait une telle virulence que les voisins déménagèrent et s'installèrent plus loin, les maisons abandonnées ne manquant pas.

Et alors que les éleveurs traditionnels de bovins se ruinaient à moderniser leurs entreprises, il se créait, dans ces arrière-cours, des élevages d'infortune. L'un élevait des sangliers, l'autre des chiens, un troisième des chevaux. L'éleveur de chiens avait construit des niches, ou plutôt des sortes de cages, dans lesquelles les bêtes prisonnières aboyaient si plaintivement qu'elles fichaient la panique aux chevaux voisins, le cou pelé à force de tirer sur les chaînes qui les attachaient à des poutres.

Ces exclus du monde urbain, ces délaissés du travail rationnel devenaient des sortes de romanichels campagnards. Parmi eux, Jean-François s'était donné de l'importance, ou plutôt ils avaient fait de lui un homme important puisqu'il les dépannait souvent, connaissant évidemment mieux qu'eux toutes les ressources de la campagne, toutes les combines possibles.

Ce soir-là, où il amenait Karine sur sa vieille moto, il devait y avoir une fête. Il y avait souvent des fêtes chez les copains de Jean-François et de

Karine. On attisait des barbecues. On grillait des sardines ou des saucisses. Jean-François laissa Karine avec les jeunes femmes qui mettaient le couvert dans le jardin et entra dans un hangar où des hommes torse nu, ensanglantés, dépeçaient à la tronçonneuse une vache pendue à un palan. Comme ils ne savaient pas découper la viande, la lame de la scie grinçait en se heurtant aux os et le sang leur giclait à la figure. Jean-François leur prit la tronçonneuse des mains et rectifia le travail. La vache, débitée, serait conservée par morceaux dans des congélateurs après que l'on aurait fait bombance, ce jour-là, avec les meilleurs quartiers.

C'est bien sûr Jean-François qui avait procuré la vache, une vache malade, mais pas trop malade quand même, vendue bon marché par un éleveur qui n'aurait jamais obtenu le tampon du vétérinaire pour la céder à un prix normal. Jean-François essaya sans succès, auprès de Grégoire, de lui acheter pour ses copains ses vaches malades. Grégoire préférait appeler l'équarisseur.

— Ton honnêteté te perdra, lui disait Jean-François.

— Prends garde à ne pas perdre ton honneur, lui répondait Grégoire.

Jean-François riait de cette repartie, qui lui paraissait cocasse.

Ses amis, après s'être repus de grillades arrosées de vin gris, branchaient les chaînes hi-fi qui hurlaient et l'on dansait à la lueur des torches allumées dans la nuit. Le tam-tam des batteries du rock arrivait, assourdi, jusque dans les fermes isolées du bocage. Karine aimait prolonger le plus longtemps possible, jusqu'à l'aube, ces bals improvisés qui attiraient toute la nouvelle faune du bourg. Elle flirtait avec l'un et avec l'autre, sous l'œil désabusé de Jean-François, heureux de la voir si coquette, avec ce pendentif en or qui brillait sur son décolleté, ce pendentif convoité voilà bien longtemps maintenant, à la devanture du bijoutier de la sous-préfecture, et qu'elle avait fini par obtenir de son amoureux toujours prêt à lui passer tous ses caprices. Tous, non, pas la drogue dont elle usait parfois, surtout au cours de ces longues nuits folles avec ses copains qui en usaient aussi. Il savait que dans ces arrière-cours du bourg la drogue circulait, qu'il en résultait des drames, des bagarres et que la camionnette bleue de la gendarmerie était parfois appelée par des voisins exaspérés. Jean-François ne pouvait pas souffrir la drogue. Il y avait en lui un sursaut de sa paysannerie qui se refusait à suivre Karine aussi loin dans cette dérive. Il acceptait qu'elle soit provocante, qu'elle soit infidèle, qu'elle ne cesse de lui soutirer de l'argent, mais pas qu'elle fume, mais pas qu'elle sniffe. Il entrait alors dans de terribles colères, dont elle finissait par avoir peur. C'était quand même un sauvage, que ce péquenot ! Elle s'amadouait, promettait de ne plus recommencer. Jean-François retrouvait l'illusion de filer le parfait amour. Jusqu'à la prochaine nuit de bringue, avec les copains du bourg qui étaient quand même de bons types, avec qui on rigolait bien.

Il n'y avait plus de villages, ni de hameaux, seulement des agglomérations. Des villes, lointaines, coulaient de petites banlieues disséminées qui se condensaient en flaques sordides. Le bourg, jadis grand village, se transformait en une banlieue sans ville. Dans leur ferme isolée, Grégoire comme Patrick se tenaient à l'écart de ce déluge. Tout en luttant désespérément contre la montée des eaux.

Puisque l'idée du Manitou de pénaliser les meilleurs producteurs était absurde, puisqu'une trop grande réussite technique était sanctionnée, Patrick répondait aux jachères et à la baisse des prix du blé qui perdait les deux tiers de sa valeur par une augmentation de sa production. Toute cette population forcée à l'oisiveté, qui l'entourait, tous ces gens poussés à l'assistanat, toute cette dérive du prolétariat urbain le révoltait. Il y répondait en travaillant encore plus. Et puisque, pour la première fois dans l'histoire de l'humanité, on demandait aux paysans de se croiser les bras, il multipliait dans les champs les engrais et les pesticides, déposait sur ses semences des substances répulsives qui éloignaient les corbeaux, doublait les doses de désherbant pour le blé, et les traitements antirouille, et ceux contre les pucerons. Il ne cultivait plus que ce qui s'adaptait à ses grosses machines, aux quatre mètres de coupe de sa moissonneuse-batteuse. Si bien que, ses récoltes céréalières ayant augmenté, il put se dispenser d'observer l'obligation des jachères, son surcroît de production lui permettant de payer les amendes sans que son profit ne s'en ressente.

Néanmoins, les jachères de ses voisins lui causaient bien du souci. Les pollens qui s'échappaient des herbes sauvages polluaient ses cultures de semences, si fragiles. A plus d'un kilomètre d'une jachère, des graines nuisibles envahissaient ses champs de carottes qu'il devait sarcler à la main. Les repousses de tournesol constituaient également un danger pour les cultures rationnelles.

De surcroît, au moment de son besoin de main-d'œuvre pour la castration du maïs, la population inactive du bourg, au lieu de lui apporter une aide, se révélait complètement rétive à la discipline nécessaire pour l'écimage. Elle voulait bien travailler, mais à son rythme que des années de chômage ralentissaient singulièrement. Ce grand rassemblement dans les maïs lui donnait l'impression d'une grande fête et non d'un vrai labeur. Coiffés de casquettes de réclame Pernod, qui leur donnaient des allures de coureurs cyclistes, vêtus de shorts trop courts, dépoitraillés, ils mettaient plus de convivialité à leur tâche que d'ardeur. Ils riaient de leur maladresse, plaisantaient, profitaient de la promiscuité des rencontres en bout de rangée, entre hommes et femmes, pour se courir après, comme des gosses. Les chefs de rang n'arrivaient pas à se faire obéir. Pis, ils étaient gagnés, eux aussi, par cette bonne humeur, cette joyeuseté qui contrastait avec l'habituelle sévérité de ce programme minutieux. Patrick avait appelé Jean-François, pour qu'il le seconde, comme d'habitude. Mais la familiarité de Jean-François avec les nouveaux habitants du bourg l'incitait plus à la complicité qu'à la réprimande. Il bavardait avec eux, se laissait gagner par leur nonchalance. Karine était venue, mais ne travaillait pas. Elle accompagnait seulement son homme et ses amis, de plus en plus coquette, vêtue de neuf, ses bijoux clinquants aux oreilles et aux doigts. Sa présence contribuait à dissiper l'équipe.

Patrick voyait que son écimage courait à la catastrophe, que le notateur agréé par le Service officiel de contrôle allait déclasser la plupart de ses parcelles. Sa colère se porta sur Jean-François :

— Je ne te reconnais plus. Tu te crois payé pour foutre la pagaille. Pourquoi m'as-tu fait embaucher tous ces minables ?

— Pas plus minables que toi. Tu cours après ta queue, comme un chien qui a le tournis. Où ça te mènera, dis-moi, de te casser les couilles pour... ?

— Que fait Karine, ici ? Elle énerve les mecs.

C'est elle qui t'a changé. Et tout ce fric qu'elle te soutire, où le prends-tu ?

— Je t'ai remboursé ce que tu m'avais prêté. Ne te plains pas.

— Ta pauvre mère...

— Laisse tomber. Ta morale, j'en ai rien à glander.

— Tu te détruis, Jean-François. Tu étais un bon ouvrier...

— Et alors ? Bon ouvrier, mon cul ! Travailler chez les autres, faire semblant de sauver la borderie pour que ma mère cesse de chialer. C'est fini, tout ça. Je te donne encore un coup de main et après je file en ville avec Karine.

— Pour faire quoi ?

— Tu verras. J'ai mon plan. Peut-être qu'un jour tu viendras travailler chez moi. Tu sais bien que la culture est foutue. Tu t'acharnes. Tu ne t'en tireras pas. En tout cas moi, je me tire. Non, n'aie pas peur. Pas tout de suite. Tu vois, je n'ai pas encore tout à fait perdu mon sens de l'honneur (il se mit à rire nerveusement). On va le finir, ton écimage.

Il retourna dans les rangs, conseillant l'un, dirigeant l'autre, essayant de remettre un peu d'ordre dans les équipes qui n'arrivaient pas à prendre ce travail fastidieux au sérieux, qui n'en comprenaient pas d'ailleurs la finalité et qui traînassaient, se laissaient aller à bavarder, entre les houppes rameuses, changeant de rangée au gré de leur fantaisie, oubliant de couper des fleurs que Jean-François s'employait à retrouver et à écimer.

Lorsque le notateur arriva pour son inspection, la stupéfaction le pétrifia. Il regardait le désastre. Incrédule, habitué à ce que les écimages de Patrick soient parmi les plus parfaits. Il répétait :

— Je ne comprends pas. Je ne comprends pas.

— Moi non plus, dit Patrick, je ne comprends pas.

Lorsque l'on ne comprenait plus rien, on allait toujours trouver Albert F. Ou plutôt on l'appelait au téléphone et il arrivait le jour même, comme s'il n'avait rien d'autre à faire que d'écouter ses voisins. Cette fois-ci, Patrick, trop démoralisé par la ruine de son écimage, n'ayant plus le cœur à l'ouvrage, prit sa voiture et fila chez l'homme de toutes les confidences.

Albert F. n'était pas dans sa ferme, mais sa femme, bottée, souriante, pataugeait dans le fumier, une fourche à la main. Elle dit à Patrick qu'il pourrait trouver son mari tout en haut d'un champ où il replantait ses haies.

— Quoi ? Replanter quoi ?

— Des haies... Vous savez bien, des buissons, comme autrefois. Nos vaches aiment mieux ça que les fils électriques qui leur flanquent des coups de châtaigne dans les pattes.

— Oui, bien sûr, répondit Patrick, ébahi.

Il partit à pied à travers la prairie. Il n'avait pas marché dans une prairie depuis longtemps. Ses chaussures s'enfonçaient dans l'herbe humide. Il ressentit une agréable sensation de fraîcheur, d'odeurs végétales oubliées qu'il redécouvrait avec surprise et plaisir : la menthe, la sauge... En même temps, son dos le tarabustait. Comme tous les paysans industrialisés, trop de journées passées sur des tracteurs lui mettaient les vertèbres en capilotade. Et le ronronnement des moteurs, les écouteurs radio le rendaient prématurément un peu sourd. Il ne s'en souciait pas d'habitude, bien qu'il s'astreignît régulièrement à des séances de kiné, mais aujourd'hui, en marchant dans ce pré, avec tous ces oiseaux qui piaillaient dans les pommiers, il lui semblait avoir pris un coup de vieux. Il n'avait que quarante ans, pourtant cette lutte incessante, supportée jusque-là allègrement, lui infligeait une fatigue extrême. La ruine de sa semence de maïs, cette semence dont il était si fier, l'accablait. Et aussi cette invasion de gens dans le bourg avec lesquels il ne se sentait aucune affinité et qui avaient saccagé son maïs sans méchanceté, par inaptitude, par indifférence. Et aussi l'inexplicable attitude de Jean-François qu'il aimait bien et qui semblait lui en vouloir d'on ne sait quoi. Jean-François qui, de toute manière, s'en allait.

Il rejoignit Albert F., agenouillé dans la boue plantant des épineux. Planter des ronciers, non, ce n'est pas possible ! Il lui sembla qu'il se moquait de lui, qu'il ne faisait ça que pour se moquer de lui. Il eut envie de rebrousser chemin. Mais sa colonne vertébrale lui faisait vraiment mal. Il dit :

— Tu n'as vraiment rien d'autre à foutre que de planter des haies ?

Albert F. se releva, serra la main de Patrick, s'essuya le front en sueur d'un revers de manche :

— Bah ! On trouve toujours le temps pour ce qui vous plaît.

— Tu es malin, toi, comment t'y prends-tu pour faire ce qui te plaît ?

— Je me laisse vivre.

— Blagueur. J'aimerais bien me laisser vivre. Mais on ne me laisse pas vivre.

— Qui ça, on ?

— Tu le sais bien.

— Vous vous êtes fait baiser par *on.* Et ça n'est pas fini. D'ici quinze ans les rendements en blé, et en tournesol, et en colza augmenteront encore d'un tiers. Il y a aujourd'hui quarante millions de tonnes de céréales en excédent. Si vous continuez votre jeu de con, dans quinze ans, c'est plus de cinquante millions de tonnes dont *on* ne saura quoi faire. Et que répondrez-vous à *on ?* — « Puisqu'*on* gèle nos terres, nous produirons encore plus, sur un espace restreint. » — Tu te crois grand, fort, moderne, technicien, le roi de la semence, mon pauvre vieux, mais tu es tout petit, au dernier rang de ces quatre pour cent d'agriculteurs du monde qui produisent quarante-sept pour cent de la production mondiale. Qui empêchera les plus gros de devenir encore plus gros et de produire la totalité des besoins de la planète ? Toi, dans ce contexte, tu sautes.

— Et toi, discoureur, tu ne sautes pas, tu es déjà noyé.

— Mais non, mais non, je barbote et ne me noie pas. L'avantage d'être petit c'est qu'on ne vous regarde pas, qu'on ne vous remarque pas. Vous ne faites d'ombre à personne. Moi, j'ai toujours bricolé dans mon coin, dans une indifférence parfaite de mes chers voisins qui me trouvaient corniaud avec mes chèvres, avec mes poules qui vagabondaient dans les chemins ; et vous gueuliez lorsque vous passiez près de chez moi, parce que vous risquiez de les écraser.

« Je ne dis pas que l'avenir m'appartient, mais en tout cas mes biques commencent à m'offrir un petit pécule depuis que la mode est au fromage de chèvre. Et mes volailles qui courent dans les prés, je les vends bien. Le poulet de grain, comme ils disent, ça dévalorise drôlement tes poulets hors-sol. D'accord, j'en vends moins, mais j'ai du plaisir à les voir grandir. Je ne me cache pas la nuit pour vider mes poulaillers, moi. Il ne m'est jamais venu à l'idée de concurrencer ton blé, ton maïs. Lorsque je me suis mis à planter des fraisiers dans mes champs, vous avez cru que je devenais idiot. Vous vous êtes dit : « Comment les ramassera-t-il, ses fraises, avec la main-d'œuvre qui n'existe plus ? » Eh bien, vous avez été drôlement surpris lorsque les consommateurs les ont ramassées eux-mêmes, tous ces gens de la ville bien contents de cueillir des fraises à un bon prix. Ils se donnaient l'impression d'être à la fête. Tandis que toi, ton personnel pour l'écimage, j'ai entendu dire que...

— Ne m'en parle pas. Un désastre. Ils m'ont tout saboté. Le pire, c'est qu'ils ne l'ont pas fait méchamment. Ils se sont amusés. Ils ne savent plus ce que travailler veut dire. Mais que t'a-t-on raconté ? On se moque de moi ?

— Tu sais, les distractions sont rares. On se marre toujours de ceux qui glissent sur une peau de banane. Je ne sais pas pourquoi, mais quand ton prochain prend une pelle, tu rigoles. C'est comme ça. On est mauvais, dans le fond. Et puis, ta réussite suscitait des envieux. Je ne dis pas qu'il vaut mieux faire pitié... Sois franc, je te faisais pitié, non ? Tu te disais que j'étais un bon militant syndicaliste parce que j'étais un mauvais paysan, que je n'avais plus rien à perdre...

Patrick, accablé, ne répondait rien. Les deux hommes redescendirent vers la ferme, à pas lents, à travers les prés.

— Tu as vu, dans les jachères, s'exclama joyeusement Albert F., les coquelicots sont revenus.

— J'ai surtout vu que les jachères m'apportent des nuisances dans mes semences.

— Tu vas penser que je déraille, mais je suis tout heureux à l'idée de revoir bientôt des bleuets.

Patrick eut un geste de mauvaise humeur :

— Pourquoi m'agaces-tu exprès ? Pourquoi pas la nielle dans les blés, pendant que tu y es ?

Surpris, Albert F. répondit, navré :

— Mais non, je ne cherche pas à t'agacer. Au contraire, je veux te montrer des aspects positifs. On m'a dit que tu t'obstinais à refuser les jachères. Regarde ce qui est arrivé à Grégoire lorsqu'il a cru pouvoir passer outre aux quotas laitiers. La jachère, la jachère... Mais la jachère est de l'ordre de l'ancienne culture, celle qui laissait le sol se reposer tous les trois ans. Le taux des jachères se rapproche de celui des anciens assolements. Tu me diras, alors quoi faire des engrais chimiques, si l'humus se renouvelle tout seul, en se reposant. Eh oui, quoi faire de l'industrie chimique ? Ça te tracasse, le sort de l'industrie chimique ? Finiras-tu par admettre que tu ne travailles pas pour toi, mon vieux, mais pour les multinationales...

— Non, ça va, ne me parle pas du capitalisme...

— Pas la peine, puisque tu as compris.

— Non, je n'ai pas compris. Je ne comprends plus rien. Rien du tout.

— C'est vrai. Tu n'as rien compris avec les jachères. Tu as cru qu'on te volait un morceau de ta terre.

Pas du tout, la jachère appartient au monde productiviste. De peur que la jachère ne produise quelque chose, tes voisins y passent du défoliant. Alors que des jachères conviviales permettraient de faire du bon miel.

— Tu es incorrigible.

— Moi qui ne possède pas cinquante hectares, et qui ne suis donc pas tributaire des jachères, je me demande si je ne vais pas leur abandonner quelques champs, pour le plaisir, pour les abeilles. Si je te dis que la jachère appartient au monde productiviste, c'est que plus on a de terre, plus la jachère rapporte avec les primes à l'hectare inculte. Si tu réunissais quatre cents hectares autour de ta ferme, les primes pour tes friches entretenues te rapporteraient plus que ton blé. L'avenir, mon vieux, est aux chasseurs de primes. A ceux qui sèmeront dans des champs de pierres.

— Si je coule, tu couleras aussi.

— Pas sûr. Je coulerai peut-être, mais plus lentement. Vous n'arrêtez pas de vous plaindre. Le paysan pleureur, moi ça me débecte. Vous ne m'avez jamais vu pleurer. Ce n'est pas que nous n'en aurions pas eu l'opportunité, ma femme et moi. Peut-être que nous bénéficions d'un tempérament joyeux. Plus ça allait mal, plus on rigolait. Et les enfants rigolaient avec nous. A propos, les enfants... Mon aîné finit ses études. Il sera vétérinaire. La cadette est douée pour les lettres, l'histoire. Elle sera prof.

Les trois autres sont encore petits. Peut-être qu'il y en aura un, ou une, qui reprendra la ferme. C'est pas un gros cadeau mais ça vaut mieux que d'être chômeur. Pas si mal pour un aussi petit paysan, non, que cette réussite de mes deux aînés ! Avec mon vieux tracteur, tout raccommodé, qui vous amuse tant...

Patrick quitta Albert F. mal à l'aise. Venu pour lui demander conseil, il repartait encore plus désorienté, encore plus maussade.

Quelques jours plus tard, des gendarmes capturaient le Chirac des « Guignols de l'Info », alors qu'il finissait de cambrioler sa onzième agence du Crédit agricole.

Le masque arraché, apparurent la tête ronde, les yeux marron et les cheveux en brosse de Jean-François. Il allait sauter sur sa vieille moto et c'est cette vieille moto qui l'avait trahi. On ne peut penser à tout. Et l'on ne se méfie pas de ce que l'on aime.

Lorsque les gendarmes lui demandèrent pourquoi il s'était affublé de cette tête chiraquienne, il répondit qu'il la trouvait marrante et que, de plus, Jacques Chirac avait été ministre de l'Agriculture. Que l'ancien ministre de l'Agriculture malmène le Crédit agricole, quelle joyeuse drôlerie !

Malheureusement, cette drôlerie échappa à la

cour d'assises. Les jurés se souvinrent seulement que ses dix premières attaques de banques rapportèrent à Jean-François plus de neuf cent mille francs et qu'il dilapida cette somme avec une fille de mauvaise vie. Il se serait servi d'un revolver à bouchon que son cas eût été moins grave, mais il braquait sur les caissiers un revolver à grenaille. L'attaque à main armée fut donc retenue.

Patrick et Grégoire assistaient à l'audience. Ils portaient tous deux grande estime à leur protégé depuis son installation dans la borderie, même si sa conduite, ces derniers temps, leur avait été incompréhensible. Maintenant, ils comprenaient. Ils comprenaient que Jean-François amassait un magot pour s'enfuir, pour s'installer en ville comme il en rêvait. Mais les hold-up de Jean-François, énormes aux yeux des jurés d'assises, représentaient un bien faible résultat pour autant de risques. Il ne s'était attaqué qu'à de petites agences rurales qui ne disposaient que de peu d'argent liquide. Pour lui, habitué à vivre avec trois sous, cinquante billets de deux cents francs représentaient un trésor. Trésor vite écorné par Karine.

Karine évita le procès. Recevoir des cadeaux n'est pas un crime. Interrogée, elle ne fut pas inquiétée.

Albert F. réussit à témoigner au nom des agriculteurs du bourg. Il fit l'éloge de Jean-François, bon professionnel, bon travailleur, garçon sérieux que la société industrielle avait cassé.

Le juge s'éleva contre ce terme de « sérieux » appliqué à un individu se laissant gruger par une coquette qui, de plus, le trompait avec tous ses amis. Ses relations dans le bourg ajoutaient à la suspicion. Enfin, il ne payait pas son terme à son propriétaire depuis deux ans.

Cette dernière accusation pesa lourd dans les délibérations des jurés.

Albert F. argumenta que Jean-François, dévoyé par amour, avait glissé dans une dérive, conséquence d'un métier sans avenir. Au suicide de son père répondait cette sorte de suicide social auquel il s'était complaisamment livré.

Quand on interrogea Jean-François sur la raison de son choix de n'attaquer que des agences du Crédit agricole et non d'autres banques d'accès parfois plus facile, il répondit que ce Crédit agricole les paysans ne l'aimaient pas beaucoup.

Comme le président du tribunal s'agaçait de sa faiblesse envers Karine (« Oserais-je dire de votre bêtise »), il rétorqua que la jeune femme l'avait sans doute rendu un peu fou, mais d'une folie bien agréable. Plus agréable que tout ce qu'il avait connu auparavant.

— Pourtant, elle se moquait de vous. C'est une Marie couche-toi là, s'emporta le juge. Elle ne se soucie même pas de votre sort. Elle devrait être là. Elle n'a pas voulu venir, disant que le procès ne la concernait pas.

— C'est exact, monsieur le juge, ce procès ne la concerne pas.

— Elle choisissait des cadeaux dans les magasins, à crédit, et vous deviez les payer.

— J'ai toujours payé mes dettes. Demandez à mes employeurs auxquels j'empruntais parfois.

— Toujours pour Karine. Ce n'était pas pour votre ferme que vous laissiez péricliter. Tout cet argent allait à des colifichets, des toilettes. Vous ne pensiez pas à votre pauvre mère qui, elle, devait assumer la garde de vos biens...

— Nous n'avons aucun bien monsieur le juge. La ferme ne m'appartient pas, ni les champs. J'aurais dû payer mon terme, c'est vrai. Mais le propriétaire que je ne voyais jamais, j'avais fini par l'oublier.

La veuve de Louis le Suicidé vint à la barre, revêtue de sa robe noire, sa robe des dimanches remisée dans un coffre depuis bien longtemps puisqu'à la borderie les dimanches ressemblaient aux autres jours. Cassée, voûtée, elle s'appuyait sur un bâton. Son visage rouge lui donnait une figure d'ivrognesse, alors qu'elle ne buvait que de l'eau du puits. Elle ne comprenait pas grand-chose aux questions du juge, pleurnichait, disait que son petit n'avait jamais fait de mal à personne, qu'elle savait bien que cette fille de la ville lui jouerait de mauvais tours. Elle le lui répétait. Il ne la croyait pas.

Elle se tourna vers Jean-François et s'écria d'une voix rauque qui contrastait tellement avec le ton plaintif qu'elle prenait pour répondre au juge, qu'en entendant cette sorte d'aboiement, celui-ci tressaillit :

— Jean-Françoué, t'as voulu aller à la ville... Eh ben, t'y v'là !

Les jurés se retirèrent pour délibérer. La semaine précédente un violeur d'enfant s'étant vu infliger cinq ans de prison, ils estimèrent que Jean-François méritait bien dix ans de réclusion.

Jean-François, qui se tenait debout, les bras croisés, tel un écolier sage, regarda avec surprise ce jury populaire qui le condamnait si sévèrement et dit d'une voix ferme et forte :

— Messieurs-dames, je vous remercie.

L'arrestation de Jean-François causa d'abord une grande excitation dans les courées du bourg. Ses braquages furent considérés comme des exploits. Il bénéficiait déjà d'un certain prestige parmi ces éclopés du monde industriel, parce qu'il connaissait toutes les combines permettant de gratter des miettes dans un monde paysan agressivement clos, et aussi en raison de son empressement à claquer du fric pour faire la fête. Ils ne s'étaient jamais interrogés sur la facilité avec laquelle Jean-François sortait sans cesse de ses poches des billets de banque. Maintenant qu'ils le savaient, il devenait encore un copain plus extraordinaire. Toutefois aucun ne se dérangea pour assister à son procès. Lorsqu'un chien meurt, les autres chiens viennent flairer son cadavre et repartent très vite, indifférents, le nez en l'air, à la recherche d'une odeur de chienne.

On ne parla pendant quelques jours que de Jean-François, on amplifia ses exploits, on se désola de son absence et plus encore, chez les mâles, de celle de Karine qui avait jugé habile de disparaître ; puis on oublia très vite le jeune homme et sa moto. L'installation d'un hypermarché, entre la sous-préfecture et le bourg constitua un événement nouveau.

Avec la discothèque qui continuait à animer les samedis soir, l'hypermarché fut l'un des pôles d'attraction. L'hypermarché remplaçait à la fois la messe à l'église (fermée), la foire (oubliée), les halles, le cirque (qui ne s'installait plus). On s'y rendait en foule, en bandes. De se servir soi-même dans les rayons donnait l'illusion de la gratuité. On poussait son chariot et on entassait dedans des monceaux de boîtes, de bouteilles en plastique, de paquets multicolores. Les enfants s'agrippaient aux caddies. Certains même, les plus petits, s'asseyaient dedans. D'autres couraient, entre les rayons, rapportaient leur butin qu'ils jetaient dans le chariot. On s'aperçut rapidement que tout cela coûtait très cher, qu'on ne pouvait pas payer et les opérations de chapardage devinrent un jeu, moins dangereux que celui auquel s'était livré Jean-François, mais avec lequel ses anciens amis se donnèrent l'illusion d'être eux-mêmes des héros.

Comme on le sait, il ne restait dans le bourg qu'un seul commerçant, l'épicier et son camion itinérant. Face à l'hypermarché, la concurrence était impossible. L'épicier plia bagage. Les quelques vieux paysans retraités qui s'obstinaient à ne pas mourir n'eurent d'autre ressource pour se ravitailler que de demander aux nouveaux venus, qui tous possédaient une ou deux voitures à l'aspect de stock-cars, de les approvisionner à l'hypermarché. Puisqu'ils avaient l'habitude de payer cher à la seule épicerie du village, ils ne s'aperçurent pas de la majoration des prix du discount par leurs intermédiaires. Tout le monde trouva donc son compte dans cet arrangement.

Entre les cinq agriculteurs, qui continuaient à cultiver les champs autour du bourg, et la nouvelle population du village, il n'y eut plus aucun lien. Seul le passage des grandes machines et des tracteurs, dans la rue principale que le maire avait fait élargir, supprimant presque complètement les trottoirs, rappelait aux zombies, tapis dans leurs cours, que le monde du travail existait encore.

Le matin, de bonne heure, le car scolaire ramassait les enfants qu'il ramenait le soir. Comme le maire n'avait pu trouver aucun candidat pour remplacer le cantonnier parti à la retraite, il octroya le nettoyage des rues à une entreprise dont le premier soin fut d'inonder les bords des maisons de désherbant afin que personne n'ait plus l'idée saugrenue d'y planter des fleurs. Le village paraissait ainsi très propre, bien goudronné, sans une trace de terre ou d'herbe. Néanmoins l'odeur des sangliers enfermés dans les anciennes écuries, des vaches dépecées dans les hangars, des chiens étiques élevés pour la vente, des porcs engraissés avec des immondices dénonçait les trafics des arrière-cours.

Les gendarmes prirent l'habitude de venir une fois par semaine, appelés soit à la suite d'une bagarre, soit pour embarquer un dément d'overdose, soit pour quelque ténébreuse affaire de femme battue, de viol, ou de vol d'essence pompée dans les réservoirs d'autos. Rien de bien méchant dans tout ça.

Sauf le soir des grandes noubas, avec chaînes hi-fi gueulant à plein tube, pour que personne dans le bourg ne soit privé de la fête, après vingt heures le village était désert, tous les portails des maisons clos. Et par les vitres des fenêtres fermées, on apercevait seulement les écrans rectangulaires des postes de télévision branchés sur le même programme.

La mésaventure de Jean-François contribua à ressouder les liens entre Grégoire et Patrick. Leur amitié ne datait-elle pas de cette manif pour l'installation illégale de la veuve de Louis le Suicidé et de son fils dans la borderie inoccupée ? Grégoire avait d'ailleurs eu le bon cœur de recueillir la mère de Jean-François qui s'occupait à la ferme du ménage et de la cuisine.

Les quotas laitiers, la baisse de consommation de viande rouge lui firent modifier intelligemment sa production. Il intensifia son élevage de veaux, misant maintenant sur la qualité plutôt que sur la quantité, livrant aux abattoirs un « bœuf fermier » labellisé (en réalité génisse de vingt-huit mois, mais ce n'était pas lui qui créait le mensonge des labels).

Nathalie lui avait apporté une publicité des McDonald's : six millions de bovins abattus en un an et passés à la moulinette pour donner six cent mille tonnes de viande hachée. De quoi avoir le vertige ! Toutes ces vaches moulinées, glissées entre deux petits pains ronds, banalisaient la viande. Quant à la vache, n'en parlons pas ! Albert F., qui n'en ratait pas une, disait que le paysage allait se modifier, devenir paysage McDo. Partout. Dans le monde entier. Un paysage pour vaches hachées.

Puisque soixante pour cent du marché de la viande passait par la grande distribution et sa transformation en plats cuisinés ou en viande hachée conditionnée en fast-food, pourquoi ne pas élever des bêtes pour cette finalité ? Grégoire rêvait sur ce nouveau débouché. Mais là, il dérapait. Il glissait dangereusement du côté de Patrick qui, depuis la catastrophe de ses semences de maïs, n'était plus le même. Il perdait sa superbe, regardant avec étonnement comment Grégoire avait su s'adapter.

Il lui répétait :

— A quoi bon semer du blé puisque les gens n'aiment plus le pain. On ne gagne plus son pain, on gagne son bifteck. Toi tu fais du bifteck. Et tu gagnes ton pain.

Dégoûté des céréales, il se lança dans la culture massive de l'ail, répondant à une demande très forte du marché. Ses gousses étaient superbes. Il comptait sur elles pour remonter la pente. Or, tous les grossistes les refusèrent. Il calcula son plus juste prix à douze francs le kilo. On lui répondit que c'était trop cher. Il baissa à dix francs, sachant qu'alors il ne gagnait plus rien, mais récupérait sa mise. On lui répondit encore que c'était trop cher. Il envoya fax sur fax et finalement un intermédiaire lui indiqua par retour la raison des refus. La Chine produisait de l'ail à un franc le kilo. Exporté en France, avec le coût du transport, l'ail se vendait quatre francs cinquante.

« Votre ail est plus d'une fois trop cher... Votre ail est invendable... »

Patrick dut coltiner des tonnes de gousses d'ail dans des tombereaux et payer pour les déverser dans une décharge.

Isabelle le gavait de Lexomil. Maintenant il ne devrait plus entrer en concurrence avec ses proches confrères, mais avec les paysans du monde entier. Il se souvenait qu'un jour Albert F. lui avait dit que si les paysans français en voulaient aux paysans américains d'inonder les marchés de leurs produits, dans le tiers-monde la haine des paysans contre leurs confrères européens était bien pire. Ils les accusaient non seulement de piller leurs ressources et de casser leurs prix, mais de mettre en friche les terres européennes les plus fertiles alors que dans le Sahel, en Somalie, sur tous les sols arides, on crevait de faim.

Et voilà que les pays de la pauvreté prenaient leur revanche, qu'ils vendaient des produits riches à des prix de pauvres. La lutte serait impossible. Patrick voyait cette invasion des produits bon marché venant d'Afrique, d'Asie, d'Amérique latine comme dans un cauchemar. Ils se déversaient des cargos dans tous les ports, et des avions dans les aérogares, se répandaient dans la France entière par wagons, par camions, par bennes...

Il avait cru déjouer le mauvais sort des céréales en produisant autre chose et cette autre chose était invendable. Trop chère par rapport aux marchandises importées. L'excédent de céréales n'aurait-il pas pu être absorbé en le vouant à la nourriture du bétail ? Il comprenait bien que non puisque l'Europe servait de dépotoir aux PSC de la planète. PSC : Produits de substitution des céréales. C'est-à-dire patates douces chinoises, manioc thaïlandais, soja brésilien, mélasse pakistanaise, pois australiens... Seize millions de tonnes de PSC importées et les greniers à grain de la Communauté archipleins. Patrick ne savait quoi faire de son blé et Grégoire, son voisin, nourrissait ses vaches avec des PSC, venus de l'autre bout du monde.

Toute la pharmacie d'Isabelle se révélait impuissante à remettre en paix le cerveau de Patrick. Il avait piétiné sa casquette de base-ball, qu'il portait jadis avec une certaine effronterie et il allait tête nue sous le soleil brûlant de cet été torride. Ce qui n'arrangeait pas son mal au crâne. Ce qui n'arrangeait pas non plus son élevage de poulets, le bien le plus précieux qui lui restait, le seul qui lui permettait de survivre. Dans ces usines à ponte, entassés à vingt-deux par mètre carré, les poules et poulets souffraient cruellement de la chaleur. Patrick arrosait au jet les toitures et les murs pour tenter de rafraîchir ces poulaillers transformés en fours. Tous les jours, il enlevait les volailles étouffées, les chargeait dans des tombereaux et les jetait dans la décharge, comme les gousses d'ail. Mais il y en eut tant que l'odeur de leur décomposition devint trop pestilentielle. Patrick dut incinérer les victimes, de plus en plus nombreuses. Il ne savait plus quoi faire de ses poulets. Il ne pouvait pas les lâcher dehors. Inhabitués à la lumière du jour, ils auraient chancelé, éblouis, n'auraient pas su se nourrir, ni même tenir debout. Il arrosait les bâtiments. Isabelle, elle-même, transportait des jerricans d'eau qu'elle projetait contre les cloisons des poulaillers.

La chaleur persistait et les poulets mouraient de crise cardiaque, inexorablement. Par milliers.

Quand un orage amena la pluie et que la température chuta, Patrick et Isabelle comptèrent les survivants. Vingt mille poulets sur quatre-vingt-dix mille étaient morts étouffés.

Lorsqu'ils virent que les rescapés, stressés, refusaient de grossir (quarante-deux jours pour arriver à maturité contre quatre-vingt-un chez Albert F.), ils s'avouèrent vaincus. Isabelle amena, poussa chez Grégoire et Nathalie son mari chancelant, livide.

La veuve de Louis le Suicidé passait une serpillière sur les carreaux de la cuisine. Elle les salua à peine car elle savait que Jean-François avait rencontré Karine en travaillant pour eux et elle leur en voulait, comme s'ils eussent été responsables de ce qui s'ensuivit. A regret, en grommelant, elle leur dit que « les patrons » traînassaient dans l'étable. Elle ajouta, aigre : « Comme d'habitude... Ils feraient mieux d'y coucher. »

Grégoire et Nathalie se tenaient accroupis, à l'arrière d'une vache allongée sur le flanc et qui mugissait doucement. Grégoire lui parlait, caressait son ventre dilaté. Ils entendirent entrer leurs voisins, mais se détournèrent à peine, trop occupés par l'énorme bête dont la croupe était agitée de secousses. La vache les regardait attentivement comme si elle attendait un secours, une aide.

Tout à coup, son gros corps se convulsa et il sortit

de son postérieur une coulée de bave qui se gonfla comme un ballon. Grégoire plongea son bras dans le vagin de l'animal, cherchant la tête du veau qui apparut, tirant pour dégager les pattes, puis les épaules. Le veau passait mal. Nathalie et Grégoire s'accrochaient à cette masse de poils blancs, huileuse, encourageant la vache à pousser en lui criant des onomatopées que les vaches étaient censées comprendre depuis qu'il existait des vachers. Ils prenaient garde à ne pas crever la poche qui pendait sur la paille. Soudain le veau fut expulsé avec un paquet de glaires, de liquides sanguinolents. Grégoire coupa le cordon et traîna le veau vers le museau de la vache, toujours allongée, qui se mit à lécher son petit, à le nettoyer.

Grégoire et Nathalie se relevèrent, la figure baignée de sueur. Ils saluèrent leurs voisins en souriant. La satisfaction, le bonheur se lisaient sur leurs visages.

— Maintenant on lui laisse son veau, dit Grégoire. C'est quand même plus satisfaisant de produire du veau sous la mère. Plus satisfaisant pour elle, et pour nous.

S'apercevant de l'air hagard de Patrick, Grégoire s'inquiéta :

— Ça ne va pas ?

Patrick et Isabelle, volubiles, lui racontèrent le désastre du poulailler.

— Après le déclassement de mes semences de

maïs et l'échec de l'ail, c'est trop. Je ne m'en relèverai pas. Heureusement, Isabelle travaille en ville. On bazarde tout et on déménage. On recommencera de zéro, là-bas. Heureusement qu'Isabelle a un boulot. En attendant d'être embauché quelque part, je m'occuperai de la maison. On a pris l'habitude, ajouta-t-il en ricanant, les femmes partent travailler au-dehors et on s'occupe de la maison.

— C'est Jean-François qui voulait tant quitter la terre et c'est toi qui t'en vas... Qui aurait pu penser...

— Toi aussi, tu seras bien obligé de partir. Pour l'instant, tu t'es adapté, mais ça ne durera pas. Tu verras qu'ils trouveront un truc pour t'éliminer.

— Non, dit Grégoire, je tiendrai. Coûte que coûte, je tiendrai.

Ils s'embrassèrent avant de se séparer, instinctivement, et cet élan les laissa tout drôles, comme s'ils s'égaraient à quelque chose d'inconvenant.

Accompagnant Patrick et Isabelle dans la cour, ils les regardèrent s'éloigner, surpris et tristes. La sueur les faisait frissonner, les rattachait à ce dur travail qui était le leur et qu'ils aimaient plus que tout. Le ciel était beau, l'air frais. Grégoire posa lourdement sa main sur l'épaule de sa femme et l'entraîna de nouveau vers l'étable.

Sur le chemin du retour, Patrick et Isabelle venus à pied, chose si exceptionnelle qu'elle ne s'expliquait que par leur désarroi, rencontrèrent Antoine qui se promenait seul, son bâton de berger à la main.

— Qu'as-tu fait de ton chien ?

— D'être toujours attaché, il en est mort de chagrin, le pauvre. Mais le comte m'a eu en pitié. Il m'a autorisé à acheter deux moutons qui se baladent dans le parc. Ça me rappelle le passé et ça ne cause de mal à personne.

— Nous on s'en va, dit Patrick. On laisse tomber. Trop, c'est trop.

— Les poulets ?

— Tu es au courant ?

— N'y a pas que chez toi. Ça a cramé dans tous les poulaillers, par cette chaleur.

— Allez, adieu Antoine, porte-toi bien.

— A propos, la fromagerie...

— Quelle fromagerie ?

— Ben, la fromagerie du bourg, fermée pour non-conformité... Elle va rouvrir.

Patrick eut soudain un espoir. En allant vite, peut-être qu'il trouverait là un emploi. La fromagerie avait été, voilà peu, le signe de la renaissance du village. L'industrie s'installait. Des maisons se construisaient. La commune s'offrait une banlieue pavillonnaire, comme une sous-préfecture. Patrick se voyait déjà contremaître. On le savait habile. Il pourrait organiser, commander...

— Qui reprend la fromagerie ?

— Tiens-toi bien ! Le maire a eu l'idée d'en faire

un musée et le Conseil municipal l'approuve. On lui donne des sous. Ils vont nettoyer les bâtiments et aménager un musée de la fromagerie. Paraît que ça attirera des touristes et que c'est bon pour la trésorerie de la commune.

— Sacré bougre, tu m'as fait rêver !

Patrick empoigna brutalement Isabelle par la main.

— Nous, on s'en va, redit-il cette fois-ci avec force. Non, on laisse tomber. Trop, c'est trop. Allez, adieu Antoine, porte-toi bien.

Antoine les regarda s'éloigner, surpris par leur hâte. Il grommela :

— Ce que j'en dis...

Achevé d'imprimer en septembre 1996
sur presse CAMERON
par Bussière Camedan Imprimeries
à Saint-Amand-Montrond (Cher)
pour le compte de France Loisirs, Paris

Cet ouvrage a été imprimé
sur du papier bouffant
sans bois et sans acide

Imprimé en France

Dépôt légal : octobre 1996.
N° d'édition : 26894. N° d'impression : 4/763.